中华
民间故事

种方 张童洋 胡芳芳 闫星烨等 编著

中华书局

图书在版编目(CIP)数据

中华民间故事 / 种方等编著. — 北京：中华书局，2017.1（2024.4重印）
（中小学传统文化必读经典）
ISBN 978-7-101-12162-9

Ⅰ. 中… Ⅱ. 种… Ⅲ. 民间故事—作品集—中国 Ⅳ. I277.3

中国版本图书馆 CIP 数据核字（2016）第 224037 号

书　　名	中华民间故事
编　　著	种　方　张童洋　胡芳芳　闫星烨
丛 书 名	中小学传统文化必读经典
责任编辑	胡香玉
责任印制	管　斌
出版发行	中华书局
	（北京市丰台区太平桥西里 38 号 100073）
	http://www.zhbc.com.cn
	E-mail:zhbc@zhbc.com.cn
印　　刷	三河市中晟雅豪印务有限公司
版　　次	2017 年 1 月第 1 版
	2024 年 4 月第 7 次印刷
规　　格	开本 / 880×1230 毫米　1/32
	印张 5.375　插页 2　字数 70 千字
印　　数	24501-27000 册
国际书号	ISBN 978-7-101-12162-9
定　　价	39.80 元

目 录

姜太公钓鱼 …………………………………… 1

哪吒闹海 ……………………………………… 6

鲤鱼跳龙门 …………………………………… 11

东施效颦 ……………………………………… 14

高山流水 ……………………………………… 20

尼山天降孔圣人 ……………………………… 23

六尺巷的由来 ………………………………… 27

佘太君挂帅 …………………………………… 30

东郭先生与中山狼 …………………………… 34

傻女婿拜寿闹笑话 …………………………… 37

偏偏姓"万" …………………………………… 41

憨傻的寒露,聪明的荞麦 …………………… 45

相如弹琴为文君 ……………………………… 52

何仙姑原来是剪纸高手 ……………………… 57

孟姜女哭长城…………………………… 63

花木兰替父从军…………………………… 67

牛郎织女鹊桥相会………………………… 72

毛延寿与昭君出塞………………………… 78

白娘子报恩………………………………… 82

刘三姐歌如黄莺…………………………… 87

阿诗玛和阿黑哥…………………………… 94

牡丹被贬洛阳……………………………… 99

苏小妹三难新郎…………………………… 103

苏东坡与东坡肉…………………………… 106

八仙桌是怎么来的？……………………… 110

鲁班是怎么发明锯的？…………………… 116

杜康造酒…………………………………… 120

每逢端午忆屈原…………………………… 125

为什么腊八节要喝粥？…………………… 129

中国人为什么要过年？…………………… 134

灶神——厨房里面记善恶………………… 138

门神——威风凛凛护家院………………… 145

管钱的四个老公公 ·················· *151*
十二生肖的故事 ·················· *155*

阅读方案
不简单的民间故事 ························ *160*
民间故事演绎出的成语··················· *164*

姜太公钓鱼

季历即位做了周侯之后，继续推行先王的德政，把周国治理得有声有色。商王文丁唯恐周族的壮大危及自己的统治，就不断命令季历去征伐叛乱的部落，想以此来消耗周国的力量。季历先后打败了余无戎、始呼戎和翳徒戎，为商解除了危机。但是，文丁更加视周为心腹之患，就以季历涉嫌先王武乙之死为借口杀害了他。季历死后，在悲愤中即位的姬昌在父亲灵位前发下誓言：一定要兴周灭商，报仇雪恨。

姬昌深知，灭商绝非一朝一夕之事，必须进一步壮大自己的实力，才能在时机成熟时揭竿而起。姬昌尊老爱幼，敬贤礼士，太颠、辛甲、闳夭（Hóngyāo）、散宜生、鬻（Yù）熊等良材义士都纷纷投到了他的麾下。但是，他仍然感到，讨伐商王还需要一个深通兵法韬略、能文能武的大才来辅佐他。

这一天，姬昌在外出狩猎前占卜了一卦，卦辞说："所得猎物非龙非螭（chī），非虎非熊，乃是成就霸主之业的辅佐之臣。"姬昌解完卦很高兴，召来儿子姬发和一行随从，驾车上路了。

车驾到了渭水南岸，只见远处山峦苍翠，近处碧水悠悠，一派安宁怡和的景象。这时，姬发看见水边的石板上坐着一个头发、胡子雪白的老头，他听不清老头正在念叨着什么，却看见老头的钓丝离开水面三尺有余。正觉得奇怪，老头甩了一下钓竿，可是姬发再一看，钓丝还是远离水面，而且，鱼钩是直的，鱼钩上还没有鱼饵。姬发不由哈哈大笑起来，走近老人身边说："老人家，你这样钓鱼就是钓一百年，也不会有鱼上钩啊！"没想到老头没有回头，却高声念起来："鱼儿鱼儿，愿意的就来上钩，愿意的就来上钩！"

车上的姬昌听到了老人的话，又想起早上的卜辞，不禁若有所悟地点了点头。他立即走过来问好，并坐到老人旁边的石头上跟他攀谈起来。这一谈让姬昌茅塞顿开，如坐春风，不知不觉就聊到了夕阳西下。

老翁本姓姜，因为先祖的封地在吕，就以封地为姓，所以也叫吕尚。吕尚曾经在商王朝中做过下大夫，后来见商王无道，国势日微，就辞去官职，归隐民间。为了生计，他在朝歌做过卖面和卖酒的小贩，还做过宰杀牛羊的屠夫。虽然吕尚有经天纬地的大才，但一直没有派上用场。后来他听说西边的周王求贤若渴,感到自己施展抱负的机会到了,便不顾已经须发斑白,来到渭水边静静等待着明主到来。

姬昌向吕尚求教用人之道,吕尚用鱼饵作比喻说:"钓丝细微,鱼饵可以看见,小鱼会上钩;钓丝中等,鱼饵有香味儿,可以引来中等大小的鱼;至于要钓到大鱼,那就要用又粗又长的鱼线,在鱼钩上装上丰厚的食饵。君王要想获得人才,就要

以官职和爵位来引人入仕,小才的人赐予低等的职位,中才的人给予中等的职位和俸禄,至于有大才的人则要封侯拜相,让他们竭尽所能,助君王成就大业。"姬昌又问起多年来他一刻也没有放下的伐商大志,什么时候可以实现。吕尚告诉他,商王文丁死后,即位的帝乙没有作为,殷商更加衰落,现在的帝辛荒淫残暴,惹得天怒人怨。但是,商的气数尚未完全散尽,朝中仍然有一些忠心的能臣。周虽然如同初升的朝阳,但是兵甲还不足,实力也有限。此时伐纣,没有胜算。

吕尚说完,见姬昌皱着眉头陷入沉思,不由捻着胡须轻轻地笑了。他从怀中取出一卷书稿呈给姬昌说:"这是我多年的一些思考,你看看,会对你有所助益。"吕尚的书稿详细写着富国强兵、充实仓廪,争取盟国支持,瓦解动摇纣王统治等一系列方略。姬昌读过,心潮澎湃,豪气顿生。他郑重地拜吕尚为国师,扶着吕尚坐上自己的车辇,驾车回宫。

姬昌有了吕尚的辅佐,周国发展经济,开拓疆土,"三分天下,周王有其二",在实力上逐渐超过了商王朝。灭商的脚步近了。

〔博闻馆〕

文王拘而演《周易》

司马迁在《报任安书》中说"盖文王拘而演《周易》,仲尼厄而作《春秋》",以此向好友表明他追慕前贤,用发愤著书来抵御苦难的创作激情和坚韧毅力。那么,"文王拘而演《周易》"是怎么回事呢?《史记·殷本纪》中记载,纣王时,九侯有个美丽的女儿,九侯把她献给纣王,希望她能规劝纣王不要胡作非为。结果纣王大怒,杀死了她,并对九侯施以醢(hǎi)刑,即剁成肉酱。鄂侯看不下去了,强力进谏,结果被施以脯(fǔ)刑,即制成肉干。西伯姬昌听说了,禁不住暗暗叹息。有个奸臣崇侯虎去向纣王告发,纣王就把姬昌囚禁在当时的国家监狱羑(yǒu)里。据说,姬昌在狱中保持了清醒和理智。他潜心研究,探究天人之间的秘密。他把千变万化纷纭复杂的事物抽象为阴阳两个基本范畴;把刚柔相对、变在其中作为对世事和人生的基本看法;用监狱地上长出的蓍(shī)草作为工具,花了七年时间将伏羲八卦演为64卦、384爻。《周易》博大精深,是中国的"六经"之一。

哪吒闹海

托塔李天王本名李靖,当年他还在陈塘关当总兵的时候,有个儿子叫哪吒。当年哪吒的母亲怀孕三年六个月,最后才生下一个小肉球。李靖看了十分生气,觉得那是妖怪,便一剑劈开肉球,结果从肉球里跳出一个小男孩,手上套着一个金镯子,肚子上还围着一块红绫。正当所有人都困惑不解的时候,屋外来了一个道人——太乙真人,他对李靖说:"这小男孩是灵珠转世,那个金镯子是'乾坤圈',红绫是'混天绫'。我想收他做徒弟,不知道李总兵是否愿意?"李靖当然说好,还请道长给小男孩取了个名字,叫哪吒。

哪吒从小身体就特别棒,七岁时就长得跟父亲一样高了。这年夏天,哪吒觉得很热,想找个地方洗个澡凉快凉快。于是他来到东海,在凉爽的海水里洗得十分痛快,一时高兴,就拿着混天绫在海里玩耍。混天绫染红了整个东海,惊动了龙宫。东海龙王十分奇怪,就派巡海夜叉出去看看。

夜叉领命来到海上,看到是个小娃娃在玩耍,就气势汹汹地走过去,从背后拍了哪吒一掌,想把小娃娃给拍死。哪吒吓了一跳,拿乾坤圈一挡,再一劈,一下子就把凶狠的夜叉打死了。跟来的那些虾兵蟹将,吓得赶紧回去报告。

龙王三太子听到消息,得知堂堂夜叉居然被一个小娃娃打死了,觉得太丢人了,他拿起武器就赶到海上,向哪吒宣战:"小娃娃,你好大胆,扰我龙宫不说,还杀死夜叉。今天我要好好收拾你。"哪吒毫不畏惧地说:"哼,东海又不是你们家

的，凭什么我不能玩耍。那个夜叉从背后偷袭我，是他不对在先。如果你要开战，我也不怕你，放马过来吧。"三太子拿起长矛就朝哪吒刺了过去，哪吒头一闪，躲过了这一刺。他挥起混天绫，一下子就裹住了三太子。三太子想挣脱，哪吒抢先一步，用乾坤圈往他头上使劲一敲，敲出了三太子的真身——一条小白龙。看着这条小白龙，哪吒想起可以用它的筋给父亲做一根腰带，于是就抽了小白龙的筋，回家去了。

听到自己儿子被打死抽筋的噩耗，龙王勃然大怒。他带着虾兵蟹将，来到陈塘关的城头，要求李靖交出哪吒，否则就淹没整个陈塘关。哪吒想冲出去和龙王决战，却被李靖一把抓住，大声训斥道："这下子知道自己闯出大祸了吧！不仅害了自己，还害了全城百姓。你果然是个妖孽，早知道，在你出生时就应该把你了断。你还是跟我去见龙王吧，求他饶恕你，也许能饶你一条性命。"

看着父亲愤怒的眼神，听着外面的大雨声和虾兵蟹将的喊话声，哪吒心里难受极了。他拔出李靖的剑，一字一泪地说："好，祸是我闯的，我自己负责。但是我知道自己并没有做错，是东海夜叉和三太子先出手的，我只是自卫而已。我知道父亲一直不喜欢我,但是你们生了我,养了我,我会报答你们的。"于是剑一横,自刎在父母面前。

哪吒死了,龙王达到了目的,也就退兵了,全城百姓都说哪吒大仁大义。太乙真人知道后,收了哪吒的魂魄,用莲花和鲜藕做了哪吒的身体。哪吒复活了,还得到了两件新武器——火尖枪和风火轮。

这个故事出自《封神演义》,在《西游记》中也有记载。

〔博闻馆〕

李天王手中的宝塔是怎么来的?

李靖后来也成仙了,被玉帝封为托塔李天王,他整天手里托着一个宝塔,降伏妖魔无数。在《西游记》中,他就用这个宝塔压住了孙悟空。这个宝塔究竟是怎么来的呢?说起来它还跟哪吒有关。

哪吒复活后,还记着父亲要把自己交给东海龙王处治的情景。于是,他发誓要报仇,踏着风火轮,拿着火尖枪,去找李靖。李靖心里也很愧疚,整天躲着,不敢见哪吒。可这样总不是长久之计,万般无奈之下,他去找佛祖帮他想办法。

佛祖说:"是你有错在先,你应该先跟你儿子承认错误的。""可是……"李靖说,"他一见我就想杀了我,我没办法跟他说话。""这样吧,"佛祖说,"我给你一个佛塔,你托着它,哪吒很尊重佛塔,肯定不会把你怎么样。"

李靖托着佛塔向哪吒道了歉,父子二人和好如初,后来一起上天成了神仙。李靖被称为"托塔李天王",哪吒也被称为"哪吒三太子"。

鲤鱼跳龙门

中国有多处地名称作龙门,如洛阳的龙门石窟、广东的龙门县、浙江的龙门镇等。其中,位于山西省河津市与陕西省韩城市交界处的黄河渡口——龙门,因其传说是由大禹治黄河水时凿开龙门山而形成,在所有叫作"龙门"的地方中最为有名。此处龙门两岸高山林立,河道蜿蜒曲折,黄河水汹涌澎湃、怒涛狂啸,美好的风光令人震撼。李白曾经以"黄河西来决昆仑,咆哮万里触龙门"的诗歌来赞美龙门的惊心动魄。

可是,如此险要的龙门却没有挡住小小的鲤鱼,这就是"鲤鱼跳龙门"的故事。

传说东海中有一大群金色脊背鲤鱼和灰眼睛鲤鱼,它们听说黄河渡口——龙门景色优美,并且跃过龙门后就可以变成龙来看护龙门,于是便成群结队,沿黄河逆流而上向龙门游去。谁知道还没望见龙门的影子,灰眼睛鲤鱼就已经被黄河里的泥沙打得晕头转向,于是它们就调转方向,顺流而下,不费吹灰之力又游回了东海。但金色脊背鲤鱼并没有放弃,它们迎风破浪，历尽艰险，最后终于游到了龙门脚下。鲤鱼们纷纷跳出水面，仰望龙门风采——滚滚水浪从天而降，银亮的水珠四处飞溅，景色比蓬莱仙境还要美。看到这样的景色，鲤鱼们争先恐后，抢着要跃过龙门。它们纷纷使尽平生气力向上跳跃，但结果刚跳出水面一丈高，就摔了下来。可是，它们并未灰心丧气，反而日日夜夜不辞辛苦地练习跳跃。当练习到第四十九天时，它们已经可以跳跃四十九丈高了，但这离跃上百丈高的龙门，还是差得远。

这时，龙门脚下来了一只见多识广的老海龟。老海龟嘲笑

鲤鱼说:"你们呀,别再蹦了,还真没见过像你们这样不知天高地厚的小东西呢。"但是,鲤鱼们并没有因为老海龟的嘲笑而放弃,经过不断地琢磨和尝试,它们终于想出了跃过龙门的办法。跳跃时,鲤鱼们瞪着眼睛、鼓起鱼鳃,用尾巴猛力地击打水面。在跃出水面四十九丈高后,鲤鱼在半空中一条为另一条垫身;喘口气儿后,鲤鱼又是一跃四十九丈高。但是,还差两丈高跃不过龙门。这时,一阵清风吹来,风促鱼跃,通过叠罗汉的方式,鲤鱼们一条接一条地跃上了它们日夜向往的龙门。最后一条金色脊背鲤鱼,眼看同伴们都跃上了龙门,唯独自己还留在龙门脚下,因此,它着急了,所以借着水力拼命地往龙门上跃。恰巧这时黄河水冲在龙门河心的巨石上,浪花飞溅几十丈高。这条金色脊背鲤鱼猛地蹿出水面,用尾巴猛击浪尖,一跃而起,没想到它竟跃到蓝天白云之间,变成了一条黄金龙。从此,黄金龙率领众鲤鱼日夜看护龙门。

  鲤鱼跳龙门虽然只是个传说,但金色鲤鱼不畏艰险,最终获得成功的精神,却为后人所称道。后来,"鲤鱼跳龙门"被引申为人要有为崇高理想而奋斗的精神,要敢于逆流而上,奋勇拼搏。

东施效颦

春秋时期，越国有一个小村庄，村西住着位姓施的人家，家里有位漂亮的姑娘，人们称她为西施。西施是位浣（huàn）纱女，就是专职给别人洗衣服的人。

西施家里很穷，所以她不施脂粉，衣着朴素，但这恰恰显露出她"天生丽质难自弃"的品质。她在河边洗衣服时，鱼儿看见她的倒影，竟然忘记了游水，渐渐地沉到河底。西施的漂亮，加上气质出众和优雅的言谈举止，很是惹人喜爱。她无论走到哪里，回头率几乎都是百分之百。

西施虽然气质出众，身体却不是很好，经常会心口疼。用现代的眼光看，她可能患有先天的心脏病。

有一天，她在河边洗衣服，忽然觉得心口很疼。只见她手捂胸口，双眉紧皱，流露出一副娇媚柔弱的样子。村民们从河边走过，都睁大眼睛凝视她。

"哎！你觉不觉得西施捧心皱眉的样子比平时更可爱了？"一位村民问他旁边的人。

"谁说不是呢!她这样子着实让人心疼。"边上的人应和着。

从此人们对西施更多了几分怜爱,都把她称作天下第一美人。

同村的村东头也有位姓施的人家,家里也有位年轻的浣纱姑娘,村民们称她为东施。这位东施姑娘相貌丑陋,动作粗鲁,说话大声大气。她虽然不漂亮,却一天到晚做着当美女的

梦。她想了许多吸引别人注意的办法，今天穿这样的衣服，明天梳那样的头发，但是，没有一个人关注她。

东施看见西施捂着胸口、皱着双眉的动作，博得了众人的青睐，于是，她也学着西施的动作，手捂着胸口，双眉皱起，装出一副很柔弱的姿态，一步三摇地在村里走来走去。

"快把门关起来！"一位有钱人看见东施这副怪模样，吩咐随从道。

"快走快走，真是个怪物。"一位穷人看见东施扭捏作态地走过来，马上拉着妻子和孩子远远地跑开。

东施模仿西施的样子，为的是得到别人的夸奖，没想到，反而遭到了冷眼，人们像避瘟神一样躲着她。

唉，这个可怜的姑娘，只知道西施皱眉的样子很美，却不知道她为什么美。东施本来生得丑陋，但还占了个自然质朴的优点。但她模仿西施捧心皱眉的样子，连自己的本性都失去了，结果只有被人讥笑。

今天我们再看这个故事，会得到新的启发。每个人都要根据自己的特点，扬长避短，寻找适合自己的形象，盲目模仿别人的做法是愚蠢且行不通的。

〔博闻馆〕

丑女无盐

其实,东施姑娘缺少的不是美貌而是智慧。丑陋的姑娘凭借品德和智慧也可以为自己开拓一片天空,赢得周围人的尊重。与东施同时代的无盐的故事就是很好的证明。

无盐是个长得非常难看的姑娘。她生得大奔儿头,眼睛深陷,皮肤黝黑,手指关节粗大,身材也腰胸不分。她的本名叫钟离春,因生得太丑,又出生在无盐这个地方,所以大家干脆叫她"无盐"了。

无盐的父亲曾做过齐国的小军官,她受父亲的影响,自幼不爱针线,喜欢舞枪弄棒,喜欢读《易经》。然而,因为她不漂亮,又不会女子的针线缝纫,所以邻里没有一个人向她提过亲。

在春秋战国时代,无论是贵族还是平民,只要有治国治军的好办法,都可以求见国君,陈述自己的政见,并对国家的施政方针提出建议。于是,无盐告别了家人,只身前往临淄(zī)求见齐宣王。

"你来到这里见寡人有什么治国的好想法吗?"齐宣王开门

见山地问道。

无盐也直截了当地回答:"小女子倾慕大王的美德,愿意留在大王身边,侍奉大王,听从差遣。"

此时,陪伴在齐宣王身边的美人有一大群。她们看着无盐的长相,听了无盐的话,禁不住哈哈大笑,心想:你一个相貌丑陋的弱女子能有什么想法呢?

被嘲笑的无盐毫无愧色,她环顾四周冷笑道:"唉!危险啊!"

"你这是什么意思?"齐宣王有些生气地问道。

无盐回答:"秦国和楚国正伺机攻打齐国,而大王不理朝政,反而纵情于声色犬马,还大兴土木,滥用民力;忠臣良将的进谏渠道也不畅通。齐国现在已是危机四伏了!"

无盐一席话说得齐宣王心里暗服。他带着尊敬的口气说:"寡人听了你的指教,犹如暮鼓晨钟一般,如果寡人今后还有一点点进步,都是姑娘你所赐啊。"

"来人呐!"齐宣王吩咐道,"传我命令,正在修建的亭台楼阁全部停工,乐队歌姬也都遣散了吧。还有,寡人从现在起衣食住行一切从简。"

从此，齐国国力蒸蒸日上。无盐也被齐宣王立为王后。

无盐没有美丽的外表，却有丰富的学识、过人的智慧、美好的品德和令人叹服的勇气，因此在她与齐宣王第一次见面时就能一针见血地切中时弊，赢得了宣王的心。而齐宣王不仅能接受逆耳忠言，而且能够发现无盐的内在美德，最终，二人共同谱写了这段佳话。

高山流水

春秋时期，有个人叫俞伯牙，他年轻的时候聪颖好学，十分喜欢弹琴，曾拜高人为师，琴艺超群。但他对自己的琴技还是不满意。伯牙的老师知道他的想法后，就带他乘船到东海的蓬莱岛上，让他欣赏大自然的景色，倾听大海的波涛声。

伯牙见眼前波浪汹涌，浪花激溅；海鸟翻飞，鸣声入耳；山林树木，郁郁葱葱，如入仙境一般。一种奇妙的感觉油然而生，耳边仿佛响起了大自然那和谐动听的音乐，他情不自禁地取琴弹奏，音随意转，把大自然的美妙融进了琴声。伯牙体验到一种前所未有的境界，老师欣慰地告诉他："你已经学会了。"

有一天，伯牙坐船遇上了狂风暴雨，船夫将船摇到一处山崖下躲避。暴雨停后，伯牙见高山之间有别样的风韵，不禁犯了琴瘾，就在船上借此情景弹奏起来。

突然，琴弦断了一根，他抬头一看，看见不远处的山崖上有个樵夫立在那，用心聆听。

伯牙好奇之下,高声问道:"敢问阁下尊姓大名,怎么会在此处?"

樵夫答道:"在下钟子期,打柴被暴雨阻于此。忽听琴声,不觉听上了瘾!"

伯牙高兴地问道:"你既然听琴,可知在下刚才弹的是什么曲子?"

钟子期回答:"刚才您所弹的,定是您见到山中雨后景致

的感慨,琴声就像那高山一样啊!从琴声里,我还听到了山间江水流动的声音。"

伯牙惊呆了,激动地说:"知音,你真是我的知音啊!刚才弹奏的乐曲就叫《高山流水》吧。"说罢便拉起钟子期面对青山作拜。

从此,二人成了非常要好的朋友。

后来,钟子期不幸去世,伯牙非常悲伤,在钟子期的墓前,摔碎了自己心爱的琴,说:"知音已逝,我还弹什么琴呢!"

尼山天降孔圣人

从山东曲阜市区往东南方向行驶三十公里，就能看到隐于郁郁万木之中的尼山。"山不在高，有仙则名"，两千多年前，这座山就已经载入史册了，这座山有什么神奇之处呢？

《史记·孔子世家》记载：孔子的母亲颜氏"祷于尼丘得孔子"。原来，这座山本来叫"尼丘山"，跟圣人孔子的降生息息相关，所以孔子的父亲叔梁纥（hé）为他起名孔丘，字仲尼。后来，人们为了避讳孔子名字中的丘字，将尼丘山改名为尼山。

民间关于孔子出生的传说很多，其中有一种说法是，孔子刚出生时，就住过山上的"夫子洞"呢！

孔子的父亲叔梁纥是鲁国的一位武士，曾经统领鲁国军队打败齐国而立下战功，被封为鲁国的地方官员，管理尼山一带的事务。叔梁纥的原配夫人一连生了九个女儿，为了延续香火，叔梁纥又娶了一个妻子，终于生了一个男孩，叫孟皮，字伯尼。可惜这个儿子先天腿部残疾，恐怕将来难以继承封地。于是年逾六旬的叔梁纥又来到尼山脚下的颜氏村落，向颜家求婚。当时颜家十六岁的小女儿颜征在答应嫁给叔梁纥。

叔梁纥与颜征在结婚之后，迟迟未有生育。他们二人很着急，天天到尼山前祷告，希望上天赐给他们一个儿子。不多久颜征在怀孕了，继续向山神祈祷孩子顺利降生。有一次祷告完了，走至半山腰，突然间大雾弥漫，雾凝为雨，雨雾之中，山上居然出现一座金碧辉煌的宫殿。二人正觉得奇怪之时，颜征在突然觉得腹中绞痛，叔梁纥赶忙将她扶入殿堂，孔子就在一片

仙乐声中降生了。不多时,仙雾散去,四周又是一片山野模样。

叔梁纥正觉得奇怪,再看怀中孩儿,不禁一惊。孩子的相貌极为丑陋:头顶像一个倒扣的盂器,中低四边高,且眼露筋,鼻露孔,耳露轮,嘴露齿,故称"七露",叔梁纥以为是个怪物,赶忙扔下孔子,带着颜征在下山。

天气炎热,刚降生的孔子在荒野中备受煎熬。这时天边飞来一只老鹰,盘旋在孔子身边,用宽大的翅膀为他扇风。不多时又来了一只老虎,将孔子衔进一个山洞里,用自己的乳汁喂养他。所以现在民间仍有传说孔子降生时是"龙生虎养鹰打扇"。

且说颜征在与孔子毕竟是骨肉相连,不忍心孩子在野地里饿死,又回到尼山寻找孔子,终于在山洞里找到了他。颜征在非常高兴,抱着孩子就往家赶,走到村口直冒热汗,气喘吁吁,她给孔子擦擦汗,这时看见路边有一口井,便想喝水解渴,可是井深又没有水桶,颜征在无奈地叹道:"水井啊水井,如果你能倾斜一下,水流出来该多好啊!"话音刚落,只见井口居然慢慢倾斜了,甘洌的井水随之流了出来。

后来,尼山上孔子降生时住过的山洞,人们叫作"夫子洞"。而为了感怀颜氏抚育孔子的功劳,山脚下的颜氏村落叫作颜母庄。据说那口倾斜的"扳倒井"水质甘甜清澈,即使在最干旱的季节,井水依然不断,正如孔子的儒家精神对于中华民族品格的灌溉与滋养。

〔博闻馆〕

何为"杏坛"?

在山东曲阜市孔庙大成殿正前方,有一座方亭,传说这里是孔子讲学的地方,叫"杏坛"。传说孔子每日在杏坛讲学,四方弟子云集聆听教诲。《庄子》里面记载:"孔子游乎缁帷(zī wéi,意即树林。缁指黑色,缁帷即形容树林繁茂,蔽日如同帷幕)之林,休坐乎杏坛之上。弟子读书,孔子弦歌鼓琴。"按晋人司马彪的注释,杏坛只是指"泽中高处也",也就是水池中的高地,不是实在的事物。北宋真宗时期,孔子后代根据这一典故,开始在孔庙前设坛,并在周围种上杏树,名之为"杏坛"。到了金代,又在坛上建亭,此后历经数代,杏坛越发雄伟庄严,成为了有形实物,作为孔子施教的象征,列入孔庙的建筑体系之中,这种格局甚至影响到了儒学所及的东南亚诸国。如今,杏坛也引申为教书育人的地方。

六尺巷的由来

在安徽桐城市的西后街有一条狭窄的小巷。小巷两边是青砖砌成的高墙,中间是鹅卵石铺就的小路。人们将这条长约百米、宽两米的小巷道称为"六尺巷"。说起巷子的由来,还有一段流传甚广的佳话。

桐城人张英是康熙皇帝的重臣,曾担任文华殿大学士兼礼部尚书(相当于宰相)。张英的老家府第与吴姓人家为邻。有一年,吴家建房子,占据了张家的地,张家不服,双方发生纠纷。公说公有理,婆说婆有理,谁也不肯相让。于是,双方告到了县衙。因为张吴两家都是显贵大户,县官左右为难,迟迟不能判决。结果,事情越闹越大。张家人便决定把这件事告诉张英。家人飞书京城,想让宰相打招呼"摆平"吴家,给自家人撑腰。

张大人阅过来信,只是微微一笑。旁边的人面面相觑,莫名其妙。只见张大人挥起大笔,写了一首诗。诗曰:"千里修书只为墙,让他三尺又何妨。万里长城今犹在,不见当年秦始

皇。"张英把诗折好装入信封交给来人,命他速回老家。家里人收到回信后,喜不自禁,以为张英肯定有一个强硬的办法,或者有一条锦囊妙计。打开一看,却是一首打油诗。

张家人思忖(cǔn)再三,觉得除了"让"也再没有什么好办法。于是,立即动手让出三尺地基。乡邻们交口称赞道:"真是宰相肚里能撑船啊。"张家人的旷达态度,使邻居深感愧疚。于是也把围墙向后退了三尺,争端很快平息了。

从此,两家之间,便形成了一条六尺宽的巷道,被乡人称为"六尺巷"。

让一点风平浪静,退一步海阔天空。三尺加三尺不是简单数学运算的结果,而是中华民族谦让美德的体现。只有人人礼让,生活才会和谐幸福。

佘太君挂帅

佘(Shé)太君是一个有胆有识、保家爱国的女英雄。在丧夫失子的情况下，她强忍着巨大的悲痛，让孙儿杨宗保镇守三关，自己在家中，统率着杨门女将演兵习武，教育孙辈。

杨宗保五十大寿时，佘太君吩咐闭门庆寿，天波府中张灯结彩，大摆寿筵，忙个不停。哪知就在这时，三关守将焦延贵、孟定国报来噩耗：杨宗保中了西夏王文的暗箭，以身殉国了。

佘太君知道后，忍住悲痛吩咐儿媳们："酒筵未散，还得同饮一杯！"她叫杨八妹换大杯来，举杯叫道："宗保，好孙儿，你今天五十生辰，为国尽忠……你不愧是杨门子孙！"

杨门众将，纷纷表示要为杨宗保报仇。宋仁宗得知边关紧急，找不到抵抗外敌的忠臣良将，也只好请佘太君发兵。但杨门女将们想到边关万里，一路风霜，太君百岁年高，如何受得？于是不让太君亲自挂帅出征。太君哈哈大笑说："儿媳们，老身正因年迈，今后为国报效机遇不多，更应前去……"

佘太君说服了众人,挂帅发兵,征讨入侵之敌西夏。西夏大元帅王文知道太君挂帅前来,便想趁宋兵一路疲劳杀上前去。佘太君一到三关,就问敌情,看地图,料到敌人会以逸待劳,早已吩咐七娘带兵诱敌,又命穆桂英绕到敌后,攻其大营。王文发觉中计,腹背受敌,便绕道葫芦口,想从背后偷袭宋军。他到葫芦口见四处无人,十分得意,哈哈大笑说:"老乞婆呀,

老乞婆，人言你用兵如神，今日一见也不过如此！"突然，战鼓一响，八姐、九妹带兵杀出葫芦口，王文大惊。佘太君在山口上大笑，对王文说："你已身临绝境，快快束手就擒。"王文战败而逃。这时，随太君出征的杨文广要求出击，太君答应了，并鼓励道："好，时机已到，你可立即下山，亲手杀敌，为父报仇！"又嘱咐道："那贼狠毒异常，要谨防他暗箭伤人！"并命焦、孟二将随文广前往，务必当心。文广记住太君告诫，接住了王文的暗箭，杀死了王文，活捉了敌人副帅薛德礼。太君把薛德礼放回去，让他告诉西夏王："今后若再侵犯大宋疆土，他人头难保！"西夏自此不敢轻易进犯，边境获得了难得的平静与安宁。

〔博闻馆〕

佘太君的姓

佘太君的"佘"姓非常少见，有人考证佘太君本姓"折（Shé）"，折氏是由古代匈奴折兰氏、鲜卑族折娄氏所改。之所以都叫折太君为佘太君是后来说书人以讹传讹，用了同音字所致。

但也有民间传说是佘太君自己改的姓。杨家将一门英烈，佘太君的丈夫和几个儿子、女儿杨八妹都为国战死沙场。她为了儿孙们出征不再夭折，将自己认为不太吉利的"折"姓改为与"折"同音的"佘"。"佘"字可拆成"一人不"，意思是由佘太君一人撑着一片天，一人承受外来之灾的不幸。从此历史上的折太君便成了佘太君了。

东郭先生与中山狼

有只狼被猎人射中,负伤而逃,猎人在后面紧紧追赶。

这时,有个墨家信徒东郭先生,骑着毛驴,驴背上驮着书袋子,要到中山国谋职。这只负伤的狼蹿到东郭先生面前,苦苦哀求说:"先生,快救救我吧!猎人要抓我,让我在你的书袋子里躲一躲。我将永远不忘你的大恩大德。"东郭先生见它那副可怜相,心便软了。他把这只狼藏进书袋子里。猎人随后赶到,看不到狼的踪影,便问东郭先生:"先生有没有看见一只狼?"东郭先生看了看猎人手里的弓箭,又低头看了看自己的书袋子,说:"没看见!"猎人无奈只能继续追下去。

猎人走过后,狼从书袋子里出来了。它伸伸腰,舔舔嘴,马上露出凶相,张开大口,对东郭先生说:"你既然救我,就该救到底。我现在饿得要死,让我吃了你吧!"说着,就向他扑去。东郭先生大吃一惊,绕着毛驴躲避。

这时,有个老农夫路过这里。东郭先生赶快请他评评理。

中山狼也抢着说:"他刚才把我捆着,塞进书袋里,上面还压了好多书。这分明想闷死我,哪里是救我?"老农夫听了后,想了想说:"你们讲的,我不相信。这书袋子怎能装得下狼呢?我得看一看狼是怎样装进去的。"于是,中山狼又躺在地上,蜷缩作一团,东郭先生像刚才那样把它装进书袋里。老农夫立即把袋子扎紧,对东郭先生说:"这种吃人的野兽,绝不会改变本性的。对狼讲仁慈,那就太危险了!"说罢,举起锄头,把狼打死了。

后来，人们根据这个故事，编成了歇后语"中山狼出了书袋子——凶相毕露"，形容穷凶极恶的人。

〔博闻馆〕

农夫与蛇

东郭先生救助中山狼差点被狼所害的故事和《伊索寓言》中《农夫与蛇》的故事非常相似：

一个农夫在寒冷的冬天里看见一条蛇冻僵了，觉得它很可怜，就把它拾起来，小心翼翼地揣进怀里，用暖热的身体温暖它。那蛇受了农夫身体的暖气，渐渐复苏了，又恢复了生机。等到它彻底苏醒过来，便立即恢复了本性，用尖利的毒牙狠狠地咬了恩人一口，使他受了致命的创伤。农夫临死的时候痛悔地说："我可怜恶人，不辨好坏，结果害了自己，遭到这样的报应。"

傻女婿拜寿闹笑话

从前,有个傻女婿要到他远在苏州的岳父那儿拜寿。他父亲因为怕他不会说吉利的话,便在他快要出门的时候,再三嘱咐说:"过两天你岳父六十大寿,你在他面前说的话,都要带个'寿'字表示吉利,你岳父听了会很高兴的。"傻女婿频频点头说:"放心,我知道了。"一路上,他怕忘了父亲的教导,所以口里一直在不停地念着:"跟岳父说话要带个'寿'字,跟岳父说话要带个'寿'字……"

到了岳父的家,傻女婿毕恭毕敬地双手奉上礼物,对岳父说:"今天岳父大人做寿,小婿送来一点寿礼。"岳父一听,十分惊奇,心想:"这傻女婿怎么忽然会说话了?"于是高高兴兴地请女婿坐下来喝酒吃饭。在饭桌上,傻女婿也没忘记父亲的教导,见了酒叫"寿酒",见了面条叫"寿面",见了桃子叫"寿桃",见了糕饼叫"寿糕"。岳父听他说的话都带着吉利的意思,更是乐开了怀。

饭桌上的菜肴很丰富,大家吃得十分高兴。傻女婿看见一只苍蝇不停地在岳父头上飞来飞去,连忙用手去赶,还说:"岳父大人不要怕,我不会拍到您的'寿头',打伤您的'寿脑'的。"岳父听他这么说,气得两手直哆嗦,手里的碗一下拿不稳,面和汤全都倒在了身上。傻女婿连忙拿出手帕,一面替岳父擦,一面说:"哎呀!岳父大人您没烫着吧?不过好好的新'寿衣',被面汤弄脏了,真可惜呀!"岳父听见他又信口开河,气得一把把傻女婿推开了,半天说不出一句话来。

岳父因为傻女婿说他"寿头""寿脑",又说他的新衣是"寿衣",气得再也吃不下饭,坐在一旁,想要喝口茶消消气。傻女婿不明所以,以为岳父在为自己的新衣裳难过,就想再去找点话题跟岳父套套近乎。说点什么好呢?傻女婿一眼看到茶几上放着一个装礼物的红木盒子,便指着盒子说:"现在这些'寿木''寿材'做得可真精致,岳父大人您平日拿来放东西也挺好!"岳父一听,当场"咕咚"一声,晕倒在地,大半天不省人事。

傻女婿之所以闯了祸,是因为他不了解"寿"的含义和用法,不知道"寿"的感情色彩和使用场合,"寿面""寿桃"是"寿"的正面用法,是吉利的字眼,而"寿衣""寿木""寿材"则是指为人死时预备的衣服和棺材;而且,苏州等地说吴方言,"寿头""寿脑"在吴方言里是"傻头""傻脑"的意思,傻女婿却不懂得这些,夸人反成骂人,因此弄巧成拙。

〔博闻馆〕

劳动才能长寿

"寿"的繁体字为"壽",而甲骨文中的"寿",有的学者认为就是古代的"畴"字,写作"☯"。而"畴"是什么意思呢?有很多不同的说法。有人说指耕种的土地,有人说指像田间沟地弯弯曲曲的样子,也有人说是古代一种耕田的农具。但无论如何,"畴"都与耕田有关。那为什么"长寿"的"寿"会和"畴"共形呢?有人说可能是老祖先认为只有多劳动多耕田才能保持身体健康和长寿,也有人说可能是因为耕地对人类太重要了,有了耕地才能有粮食,也就有了生活的保障,吃饱喝足了才能够长寿。

中国传统观念认为,人生有"五福",其中"寿"是排在第一位的。因为古人认为,只要活着,只要长寿,一切便有可能。因此,后人为讨吉利在"寿"字上做了不少文章,竖长形的"寿"字叫"长寿",圆形的"寿"字叫"圆寿"(无疾而终),等等。

偏偏姓"万"

古时候,有一个世代种田的老翁,因为家境贫寒,祖辈几代都没有上过学,因此没有一人识字。到他这一代,靠着辛勤的劳动,积累了不少资本,终于算是过上了小康生活。老翁认为,就是因为自己没文化才吃了那么多苦头,因此他决定,就算花再多的钱,也要请一位最好的老师来教儿子读书识字。

上学第一天,这位先生教了三个最简单的字:一、二、三。他对老翁的儿子说,"一"字就写一横,"二"字就写两横,"三"字就写三横。老翁的儿子一听,非常高兴,以为写字实在是太容易了,便把手中的笔一扔,找到老翁说:"爹爹,我已经把所有的字都学会了,不必再浪费钱去请先生了。"因为老翁从未学过写字,不知道他儿子说的是真是假,于是心里乐开了花,一是没想到儿子居然那么聪明,二是他实在心疼那大把的学费,巴不得儿子早点结束学业,于是他便把先生辞掉了。

过了几天,老翁打算宴请一位客人。客人姓万,是当地一位有钱有势的财主。老翁想,这位客人可不能怠慢,得正式些

才好,于是吩咐儿子去给客人写一份请柬。儿子正愁刚学会了写字英雄无用武之地呢,马上爽快地答应了,把自己关进了书房,又是磨墨,又是展纸,一切就绪之后才开始一本正经地写起请柬来。过了好一阵子,书房门还是紧紧闭着,老翁急着送请柬呢,见儿子还没写完,心里很奇怪,于是轻轻推开房门,走进去一看——哎呀,不得了,书房里到处都是画满横线的纸,着实把老翁吓了一跳。可儿子在哪呢?再细细一看,才发现儿子被挤到了一个小角落里,脸上手上也都是东一团西一块的墨迹,还满头大汗地在纸上画着横线。老翁惊奇地问道:"哎哟!我的儿,你这是在做什么?怎么弄成了这个样子?"儿子抬起头来,哭丧着脸说:"爹爹,您请的这都是什么客人啊!姓什么不好,偏偏要姓'万'!我写得手都抽筋了,到现在才写了三千三百六十四横,还差六千六百三十六横没写呢!"

这当然只是一个笑话,但也告诉了我们一些关于汉字的常识,那就是笔画是构成汉字的最小单位,同时,大多数汉字都不是一两笔就能写成的,也不只是由单独一种笔画构成的,汉字的笔画除了横,还有点、竖、撇、捺、提、折、勾等。

〔博闻馆〕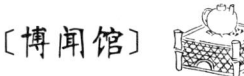

"万"字是只大蝎子

"万"在现代汉语中是一个常用字,笔画少,写法很简单,但"万"字的繁体字写法"萬"就很复杂,它的古字形更加奇特:甲骨文作"✲",金文作"✲"。一眼看过去,是不是很眼熟?前伸的双钳,尖尖的脑袋,弯曲的尾巴——对,这是一个货真价实的蝎子形象。想不到吧，"万"其实是一个象形字，"蝎子"就是它的本义。现在的"万"被用作计数单位，是从蝎子的象形字假借而来的。这种假借始于甲骨文，至今为止，在甲骨文中见到的最大数字是三万，它是如何表示的呢？如果大家仔细观察，会发现金文的"万"字在蝎子的尾巴上有一个小横，大概是为了表明"一万"这个概念，因此如果是三万的话，就要在蝎子的尾巴上加上三横了。

除了用来表示具体的数目，"万"字也通常用来表示数目极多，如千秋万代、万事如意。大家可能还想到"万岁"这个词。"万岁"本来只是一个欢呼词，并不是真的指一万岁。后来，秦始皇统一六国，希望自己能长生不老永远统治下去，才立下了规矩，将"万岁"定为拜见皇帝时的专用词语。慢慢地，"万岁"便被用来作为皇帝的代称。皇帝是"万岁"，皇后、太子之类的人权位比皇帝低了一级，就被称为"千岁"或者"九千岁"。

"万"字还是一个姓，但是在"万俟"这个姓氏里，"万"字不读wàn，而读mò。万俟（Mòqí）原是鲜卑族的部落名，后来成了一个复姓。在历史上曾出现过一个臭名昭著的奸臣万俟卨（xiè），就是他和秦桧一起合伙害死了民族英雄岳飞。

憨傻的寒露，聪明的荞麦

《二十四节气歌》是这么唱的："春雨惊春清谷天，夏满芒夏暑相连。秋处露秋寒霜降，冬雪雪冬小大寒。"其中，第三句的"寒"指的就是寒露节气，是秋天六个节气中的第五个节气。关于寒露节气的由来，在民间流传着一个感人的故事。

从前，在一座大山的山脚下，住着一对老夫妻和他们的儿子。老夫妻已经头发花白了，儿子名叫寒露，二十出头，忠厚善良，还带着几分傻气。但是他的农活样样都做得很出色，村里人常常夸奖他。老夫妻有一个心病，就是儿子已经二十多了，还没有成亲。他们想：儿子有点憨傻，一定要找一个聪明的姑娘做媳妇，这样才能当好家。

经过多方打听，老夫妻俩知道东庄有一个叫荞麦的姑娘很聪明。于是寒露的妈妈决定先去探一探到底怎么样。她拿着几尺布，来到荞麦家。只见荞麦姑娘长得白白净净、苗条动人，寒露妈妈心里已经很欢喜了，她笑着对荞麦说："姑娘啊，别人都说你心灵手巧又善良。现在我想请你帮个忙，想请你用这几尺布帮我儿子做件衣服。"荞麦看到这位大婶已经白发苍苍了,做针线活儿肯定费劲,所以连忙接过布,笑盈盈地说:"老妈妈,只要您不嫌我手笨,我当然愿意帮这个忙啊。不知道您想做什么衣裳?"寒露妈妈说:"我们家家寒底薄,做件衣裳想多派点用场,说出来不怕你笑话,我想用这几尺布,做一件长衫,做一件短衫,再做一件床单。"荞麦听了一笑,说:"没问题,三天后我会做好的。"

过了三天,寒露妈妈又来到荞麦家。荞麦递给她一件长衫,针脚细密,样式也很漂亮。寒露妈妈看了很喜欢,但却装作不高兴地说:"我叫你做三件,你怎么只做一件呢?"荞麦把衣裳抖开,架在身上,说:"这不是长衫吗?"然后又把衣裳的底边折起来说:"你看,这样不就是短衫吗?"说完又把衣裳铺在床上说:"这是第三件,床单。"

寒露妈妈听了以后,开开心心地回家去了。几天之后,她给荞麦姑娘送去一份聘礼,荞麦收下了。腊月的时候,寒露和荞麦就成亲了。过了几年,寒露的父母亲双双去世,只剩下寒露和荞麦夫妻俩,他们男耕女织,日子过得很美满。

有一年,荞麦让寒露把自己织的布拿到集市上卖,寒露骑着马背着布就走了。在路上碰到一个秀才,秀才看寒露傻乎乎的,就想戏弄他一番。于是他对寒露说:"老弟,你把你的马借给我骑骑吧,我有点急事。"寒露就马上下了马,把缰绳给秀才,说:"你叫什么名字,住在哪里?等你骑完了我好去牵。"秀才上了马,挥了一下马鞭说:"我姓你所赠,日月本是名,住在半空中,月亮落村中。"说完,就骑着马扬长而去。

寒露回到家，荞麦见马不见了，就问："马丢了？"寒露说："马被一个秀才给借走了。"荞麦有点着急，问："那他叫什么，住在哪儿？"寒露答不上来，只好把秀才那几句话原原本本地告诉妻子。荞麦低头一想，就对寒露说："明天你翻过大梁山，去山西坡半腰上的那个村子，找一个叫马明的人要马。"

第二天，寒露按荞麦的话找到了马明。马明很吃惊，问："谁叫你来这儿找我的呀？"寒露回答说："是我妻子。"马明一听，不由得在心里赞叹寒露妻子的冰雪聪明，不过又觉得这么聪明的妻子配这样一个憨憨傻傻的丈夫太窝囊了。他眼珠一转，又有了一个歪点子。他说："你把马骑回去吧，再帮我带一份礼物给你妻子。"

寒露回到家后，把秀才送的礼物给荞麦。荞麦打开一看，只见一棵葱、一朵花和一个大大的南瓜。荞麦一看，气得满脸通红，她知道秀才这是嘲笑她："聪明伶俐一枝花，竟然配个大憨瓜。"荞麦越想越气，心里一阵阵发疼，竟然得了个心口疼的毛病。病一天天地加重了，还不到半年，荞麦就病死了。

荞麦死后，寒露每当想起她，就到坟上哭一场。慢慢地，在寒露落泪的地方就长出一棵红杆绿叶的小苗。不久之后，小苗长大了,开出了白花,还结出了有棱有角的果实。寒露思念妻子,就把这种果实叫作荞麦。他采下了荞麦种子,种在田里,第二年就长出一大片。寒露在地里干活时,看到荞麦,就好像看到了妻子,心里很是感到安慰。一年又一年,荞麦开花时,寒露望着一地银花,思念妻子;荞麦成熟时,他望着一地金黄,思念妻子。有一年,荞麦成熟的时候,忧郁成疾的寒露也死去了。这一年大旱,百姓都没有收成,唯独寒露地里的荞麦长得好。百姓没有吃的,就把荞麦采来磨了磨,虽然味道不是很好,不过总算能充饥,度过了灾荒。人们非常感激寒露,就把寒露死去的那天叫作"寒露节",而且他们也开始种植荞麦。奇怪的是,荞麦总是在寒露节前成熟,人们都说,这是因为荞麦和寒露夫妻俩情深意重。

〔博闻馆〕

寒露节气面面观

每年公历10月8日或9日是寒露节气。《月令七十二候集解》说:"九月节,露气寒冷,将凝结也。"秋天的六个节气分别是:

立秋、处暑、白露、秋分、寒露、霜降,寒露是其中的第五个节气。古人把露水的出现当作天气转凉变冷的标志,白露节气是"露凝而白",而寒露节气则是"露气寒冷,将凝结也"。就是说,寒露和白露相比,气温更低,地面的露水更凉,快要凝结成霜了。

古人将寒露分为三候:"一候鸿雁来宾,二候雀入大水为蛤,三候菊有黄华。"寒露到来时,首先看到大雁排成"一"字或"人"字形队伍向南飞;然后是雀鸟都不见了,而海边出现很多蛤蜊,壳上的颜色和纹理与雀鸟很相似;最后是菊花都开了,遍地金黄。

寒露到来,我国有些地区会有霜冻,南方秋意渐浓,蝉不叫了,荷花也残败了。而北方已经呈现出一派深秋景象,秋风萧瑟,红叶飘扬。这时,北京人喜欢外出登高赏秋,香山、八大处、景山公园等都是登高的好去处,每年都吸引很多游人。

在农村,寒露时节,有一大堆农活要忙了。"寒露不摘棉,霜打莫怨天",这时要趁着天晴抓紧采收棉花,否则就容易遭到霜打了。江南地区的单季晚稻也即将成熟,双季晚稻正值灌浆期,必须要进行间歇灌溉,保持田间湿润。有首农事歌这样唱:

寒露草枯雁南飞，洋芋甜菜忙收回。管好萝卜和白菜，秸秆还田秋施肥。

关于寒露，还有很多农谚：吃了寒露饭，单衣汉少见。秋分种蒜，寒露种麦。寒露收山楂，霜降刨地瓜。寒露不刨葱，必定心里空。

相如弹琴为文君

司马相如是四川成都人，从小爱读书，因为崇拜蔺相如，于是改名相如。起初，相如家有钱，买了个皇帝侍从的官当。但相如不喜欢这活儿，汉景帝也不欣赏辞赋。恰巧，梁孝王入朝，带着邹阳、枚乘、庄忌等一班擅长辞赋、能说会道的人来。相如见了，像见到偶像似的，欣喜若狂。梁孝王回国，他也假装生病辞了官，跑到梁国去。梁孝王让他与枚乘等人一起生活居住。几年后，相如写出著名的《子虚赋》。

梁孝王去世后，相如回老家成都。这时，他的家产已耗尽，除了写写辞赋，他并不懂得干别的活来维持生计。临邛（qióng）（在今四川邛崃）县令王吉，一向敬重相如，就邀请他前去做客。

临邛县多富豪，以卓王孙家最富。一日，卓王孙为巴结王吉，大摆宴席，款待王吉的所有贵客。相如称病没有去，王吉决不动筷子，亲自前去邀请。相如没有办法，勉强赴宴。在座的宾客一见相如，都为他的风采所倾倒。

酒到浓时,王吉对相如说:"我听说您很喜欢弹琴,希望您能弹奏一曲,让大家一饱耳福。"

相如早听说卓王孙有个女儿,叫卓文君,不但长得貌美,而且是个才女,琴棋诗画,无所不通。相如一直想结识她,于是假装客气,推辞一番,然后即兴弹了两首情意绵绵的曲子,挑引卓文君的芳心。

当时,卓文君刚成了寡妇,天天守寡在家,烦闷无聊。家中

高朋满座,她不能出席,只能躲在门缝里偷看。看见相如风度翩翩(piān),气度不凡,卓文君已怦然心动。琴声响亮而清澈,时而热烈奔放,时而温柔缠绵,听得她如痴如醉,春心荡漾。

喝完酒,相如重金买通卓文君的奴婢,让她向卓文君转达爱慕之情。卓文君喜极而泣,顾不得夜深,直奔相如而去。相如亦不敢久留,带着卓文君连夜赶回成都。

第二日,卓王孙知道女儿与相如私奔,恼羞成怒:"女儿没出息,竟做出这种伤风败俗的事来。我不忍心杀她,但绝不给她一文钱。"亲友们都劝他不要太偏激,但他听不进去。

到了相如家中,卓文君见他家徒四壁,有点失望。相如刚到临邛县时,有县令王吉的车马迎接,那是怎样的豪华气派啊!卓文君以为他至少是个富家子弟,没想到竟一贫如洗。开始,卓文君还能"有情饮水饱",但久而久之,就不高兴了。她对相如说:"如果您愿意,还是和我回临邛县吧,我向亲戚们借点钱,也可以过日子,不至于像现在这样穷苦啊。"

司马相如于是和卓文君返回临邛,把车马都卖掉,买了一间酒馆,做起卖酒的生意来。卓文君日日守在铺子里,招呼顾客，卖酒收钱；相如则穿起带裤裆的长裤，夹在苦力工人中间，东一家、西一家地洗碗刷碟，赚钱养家糊口。

卓王孙知道后，觉得自己的颜面都让女儿女婿丢尽了，闭门不出。卓文君的弟兄和长辈们轮流劝他说："您家中并不缺钱财。现在，文君已经成了司马相如的妻子，相如也早已厌倦漂泊的生活。他现在虽然贫穷，但确实是个难得的人才，完全可以靠得住。况且，县令都那么尊重他，您为什么这样轻视他呢！"

卓王孙听了，一来心软，二来乐得有个台阶下，只好分给卓文君一百个仆人，一百万金钱。卓文君于是和相如又返回成都，买屋买田，辛勤耕作，成为当地的富有人家。

〔博闻馆〕

司马相如的名琴"绿绮"

司马相如写出《子虚赋》后，名声大噪，梁孝王于是请他写赋。他写了一篇《如玉赋》赠给梁孝王，梁孝王也以他收藏的"绿绮"琴相赠。司马相如的精湛琴艺，配上"绿绮"的绝妙音色,奏出的琴声无与伦比。传说,司马相如当时正是用这把"绿绮",弹奏了一曲《凤求凰》,打动了卓文君,引出一段千古流传的爱情佳话。"绿绮"也成了古琴的雅称,与齐桓公的"号钟"、楚庄王的"绕梁"、蔡邕(yōng)的"焦尾",并称为中国古代四大名琴。

何仙姑原来是剪纸高手

剪纸又叫刻纸，是我国最古老的民间艺术之一。人们或用剪子，或用刻刀，把纸裁出各种形状和图案，如窗花、门笺、墙花、顶棚花、灯花等。这些图案有的代表吉祥如意、多子多福，如鲤鱼、鹿、鹤、娃娃、葫芦、莲花等；有的与百姓的日常生活息息相关，如瓜果蔬菜、家禽家畜等。在民间，还流传着许多与剪纸有关的小故事，其中就有"八仙"之一的何仙姑得道成仙的故事。

据说何仙姑成仙之前名叫傅荷，住在一个小山村里。她心地善良、模样俊秀，而且心灵手巧，擅长剪纸。经过她的手，一张张普通的纸立刻就焕发了别样的生命力。她剪出的花朵仿佛散发着香气，剪出的动物仿佛马上就会动起来。平时乡亲们都喜欢请她剪窗花或者鞋面的图案，傅荷也来者不拒。

有一年冬天，天气十分寒冷，又连着下了几天大雪，到处都是白茫茫的一片。这天早上，傅荷早早地起床去扫雪，开门一看，却发现门口倒着一个老大爷。那老人穿着单薄而破旧，胡子和头发都乱糟糟的，紧闭双眼。傅荷赶紧把他搀进屋里，扶到床上盖好被子，又熬了一碗姜汤喂他喝下。过了好一会儿，老大爷终于醒了。他看着傅荷，感激地说："姑娘，谢谢你救了我！你真是个好心人，我没什么值钱的东西能送你，就把这把剪刀给你吧！希望它能保佑你平平安安。我要回家了，以后你要是有什么事，可以到西边的山上来找我。"说完，就从怀里拿出一把亮闪闪的剪刀递给了傅荷。

傅荷本来不想收，但看着老大爷诚恳的样子，为了不让他伤心，就收下了这把剪刀，并送老大爷出了门。

原来，这位老大爷是"八仙"中的张果老变的。他听说傅荷心地善良，就特意来试探她，想帮她得道成仙。而那把亮闪闪的剪刀，本是天上织女的金剪子，十分神奇。从此，傅荷再用这把剪子剪什么东西，立刻就会变成活的。她剪了一只鸟，那鸟就扑棱扑棱地飞走了；她刚剪出一条狗，那狗立刻汪汪地叫着跑开了。乡亲们要是缺少什么东西，傅荷就直接用剪子为他们剪出来。大家都对傅荷十分感激，那把神奇的剪子的故事也被人们到处传颂。

没过多久，村里的财主张百万就听说了傅荷那把神奇的金剪子。他想："这么好的东西，应该归我才对呀！那些穷人怎么配拥有呢？我要是得到那把金剪子，肯定能发大财呀！"想到这里，他立刻派了几个狗腿子去傅荷家里把金剪抢了过来。

得到金剪子的张百万高兴得不得了，立刻对老婆说："快！快给我剪大骡子大马，要多多的！"可他老婆天天只知道享受，哪里会剪这些东西呢？于是她乱剪一气，剪出来的根本不是骡马，而是癞蛤蟆、夜猫和狐狸，家里顿时被折腾得乱七八糟。张百万气得大骂："笨婆娘！还不快给我把那些东西撵出去！"然而他还是不死心，又对老婆说："骡马你不会剪，金银财宝总会吧？"他老婆一听，又赶紧方的圆的乱剪一通，顿时，屋子里堆满了砖瓦乱石。张百万气得暴跳如雷，对狗腿子喊道："快去把那个会剪东西的傅荷给我抓来！"

一会儿工夫，傅荷被抓来了。她看着张百万家里乱七八糟的样子就忍不住想笑。张百万恶狠狠地说："你！就在这间屋子里给我剪金银财宝。不然，永远都别想出去！"说完就锁上门，带着狗腿子们扬长而去。

傅荷就这样被关起来了。然而没多久，她灵机一动，想出了一个好主意。等张百万他们走远了，傅荷悄悄地用金剪子剪出一扇门，往墙上一贴，就真的出现了一个门。她赶紧带着金剪子往外跑，可是去哪里呢？猛然间，她想起了当初那位老大爷的话，于是就往西山跑去。正跑着，后面传来了张百万和狗腿子们的喊声。原来他们发现傅荷不见了，连忙追了过来。傅荷急中生智，用金剪子剪出一条波涛汹涌的大河，往身后一扔，就把张百万和狗腿子们拦住了。她见张百万领着狗腿子们下了河,继续追赶,就又剪出巨浪扔到河里,一下子把张百万他们都卷进河里淹死了。

傅荷终于来到西山,见到了老大爷。老大爷笑眯眯地说:"傅荷姑娘,我就是张果老。你现在也回不去了,就留在这里修炼吧!"于是傅荷就留在了西山,后来终于得道成仙,成了"八仙"中的何仙姑。

丰富多彩的剪纸代表了人们对美好生活的向往。2009年9月,中国剪纸正式被联合国教科文组织列入《人类非物质文化遗产代表作名录》。

〔博闻馆〕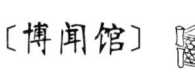

剪纸图案的象征意义

在我国的民间剪纸中,不同的图案有不同的象征意义。下面就列举其中的一部分:

植物类:石榴象征多子多孙、多福多寿;万年青、松树、桃子象征长寿;牡丹象征富贵荣华;月季花象征四季长春;兰花象征高贵典雅;荷花象征洁身自好;梅花象征高雅素洁;百合象征事事顺心、百年好合;瓜果象征多子多孙、家族兴旺。

动物类:仙鹤象征长寿;狮子象征威猛霸气;凤凰象征生活美满;孔雀象征美好爱情;喜鹊象征喜庆吉利;蝴蝶象征夫妇情深和长寿;蝙蝠象征多福。

人物类:寿星象征长寿;福星象征福气;财神象征财富;观音象征生子和赐福;和合二仙象征婚姻美满。

此外还有许多象征吉祥如意的图案,如鲤鱼跃龙门、五子登科、八仙祝寿、麻姑献寿、连年有余(鱼)、五谷丰登、金玉满堂、花好月圆、麒麟送子、金钟扣蛙等。

孟姜女哭长城

孟老头和姜老头做了一辈子邻居，虽然世道并不太平，秦始皇到处征人服徭役，但他们的生活相对安稳。只是他们都无儿无女，晚年过得孤独而艰辛。

这年春天，孟老头偶然间得到了一个葫芦种子，于是他把种子种在两家相邻的墙角下。葫芦逐渐发芽长叶，又过了些日子，枝蔓开始顺着墙向上爬，最后竟然爬到了姜老头的院中。姜老头就帮着共同照料，两家把这葫芦养得越来越大。终于有一天，葫芦成熟了，"咣当"一声落在地上。孟老头决定把葫芦切开分给姜老头一半，以感谢他的悉心照顾。可是当他们在葫芦上轻轻切开一个口时，却听见里面传来婴儿的哭声，打开一看，里面竟然有个又白又胖的小女孩！他们都喜出望外，决定共同抚养，并为她取名叫孟姜女。

孟姜女逐渐长大，出落得亭亭玉立。她善良聪明，又乖巧孝顺，乡亲们都特别喜欢她，争相为她介绍优秀的小伙子，可是都被她微笑着拒绝了。这天，孟姜女刚进家门，就被藏在门后的一个小伙子吓了一跳。问清了才知道，这个小伙子名叫万喜良，是邻村人。因为秦始皇一直不停地抓壮丁去修建长城，很多年轻人都逃走了。万喜良请求孟家不要将自己告发给官府。孟老头知道被抓去的壮丁能活着回来的少之又少，便让万喜良在家里住了下来。

万喜良勤劳孝顺，深得孟姜两家的喜爱，两家人一商量，决定把孟姜女嫁给万喜良，万喜良与孟姜女两人也相互爱慕，便幸福地拜了天地成了亲。

可是小两口成亲还不到三天，官府的人竟突然闯进孟家，不由分说便将万喜良抓去做壮丁，说是要修建万里长城。这一走就是一整年，一点儿音信也没有。天气渐渐变冷，孟姜女想到北方冬天里冰天雪地的景象，担心丈夫会挨冻，便不停地纺织，为丈夫缝制了厚厚的棉衣棉裤，并决定亲自去给丈夫送寒衣。这一天，她告别了孟、姜二老，含着泪向北方修建万里长城的地方走去。

这一走就是一个多月，孟姜女吃尽了苦头，有一次还险些被野兽吃掉，幸亏被路过的猎人相救。历经了千辛万苦，孟姜女终于到达了长城脚下。可是放眼望去，她顿时傻眼了：无数和丈夫年龄相仿的青年，都灰头土脸地背着沉重的砖块，弓着身

子艰难地向山上爬,不断有人被砖块压得重重摔倒在地,旁边还有凶狠的监工拿着皮鞭抽打他们。

孟姜女伤心极了,一路上见人就打听自己的丈夫,大家都说不知道。找了很多天,终于遇上了一个同乡,说知道万喜良这个人。孟姜女问他现在在哪,同乡却告诉她,万喜良在一个多月前就已经累死了,因为死的人太多,那些人的尸骨就都被填埋在了城墙之中,根本不知道万喜良的尸首被埋在哪里。

孟姜女听了这一切,伤心得差点晕过去,她跑到长城脚下,一遍一遍地呼唤丈夫的名字,直哭得日月无光,天地动容。就这样,孟姜女在长城脚下哭了三天三夜,突然,天昏地暗,只听"轰"的一声巨响,城墙坍塌了下来,就像孟姜女滴落的眼泪一样,顺着山坡滑落而下,足足有八百里那么长。

这个故事在《列女传》中有记载。

〔博闻馆〕

孟姜女哭倒长城之后

据说孟姜女哭倒长城之后,秦始皇把她抓了起来,却发现她相貌美丽,于是企图霸占她。孟姜女提出三个要求,一是为丈夫立碑,二是让百官为丈夫戴孝,三是准许自己出海三日。秦始皇一一答应。于是,万喜良终于有了自己的牌位,而且还有百官为他风风光光地送葬。这一切完成之后,孟姜女站在船上,一跃跳入海中。而海中的龙王早已听说此事,他十分赞许孟姜女的气节,在她跳下海的时候将她接入龙宫。所以任凭秦始皇派人如何打捞,都始终寻不到孟姜女的踪影。这一传说也间接表达了民众对于好人有好报、惩恶扬善的朴素愿望。

花木兰替父从军

一阵急促的马蹄声响起,一队负责征兵的官差飞奔至小村庄,带着厚厚的点名簿。原本宁静的村庄一下子沸腾起来。男女老少聚集在一起,一整天了,大家都在议论这事。

"听说又要打仗了。"

"是啊,听说这次要招募不少兵士,家家都免不了要出人啊!"

"点名簿上的人,全部都要去,一个都逃不了。"

花木兰这时候正焦急地站在门口等父亲回来。远远看到父亲来了,她急忙迎上去问道:"怎么样,父亲这回还要去打仗吗?"

父亲表情沉重,点点头说:"国家现在有危难,正是我们挺身而出替国家分忧解难的时候。"

"可是父亲,这一次打仗,跟从前不同,不知道要多少年才能回来。您现在身体状况已经不如从前了,况且您为国家征战又不是第一次了。两个弟弟都还小,这一次您不能再去了!"木

兰着急地劝着父亲。

"我们家无论如何都要有人去的,你虽然劝得在理,可是又有什么办法呢?"父亲无奈地摇摇头,迈进了家门。

木兰一下子跪在父亲面前,坚定地说:"木兰有办法,父亲回来之前,木兰就已经下了决心。这次请允许木兰女扮男装,替父亲去从军!"

"我怎么忍心让你去从军呢?战场上九死一生,何况你是一个女孩,万一被人发现了,那可怎么办?"

木兰坚持说:"父亲已经操劳大半生,应该在家里安度晚年了。这个时候,木兰决不能让父亲再上战场。木兰心意已定,请父亲三思!"

看着坚决的女儿,父亲老泪纵横,最终点头应允。

就这样,乔装成男子的木兰替父亲走上了战场。她刻苦训练,不久就练就了一身杀敌本领。她在战场上作战勇猛,别人一点也没觉察出她是女儿身。战争持续了很长时间,一年又一年过去了,木兰每时每刻都牵挂着家乡,牵挂着家人。她多么希望战争早一点结束,让她能够回到家乡和家人团聚啊!

终于,战事平息了。而这时,木兰离开家已经整整十二年了。这十二年中,骁勇善战的木兰跟随朝廷大军,打了十八场战役,表现十分突出。等到军队凯旋回到都城的时候,全城的人都出来夹道欢迎保家卫国的英雄们,大家都沉浸在胜利的欢乐当中。

这时,报信的官差急促地敲打着木兰家的房门,后面跟着一大群平日一起作战的弟兄们。他们替木兰高兴,由于木兰立下战功,皇帝要封木兰做尚书令了。可是当房门打开,大家发现木兰已经换下了平时的战袍,换上了平民百姓的布衣。

"怎么?你不做尚书令了吗?做了尚书令,荣华富贵就享不尽了。这是多少人求之不得的啊!"

木兰平静地向官差行礼,说道:"皇上看重木兰,木兰感激不尽。为国家效力本来是木兰的本分,不应该拒绝,但是家中的父母已经年迈,不知道还有多少时间能承欢膝下,请求皇上允许让木兰回家侍奉父母,尽一点孝心。"

木兰平安归乡,也恢复了女儿身,全家终于团聚了。她以一片孝心替父从军的故事也家喻户晓,广为流传。

这个故事出自北朝民歌《木兰诗》。

〔博闻馆〕

梁红玉巾帼不让须眉

我们经常用"巾帼不让须眉"赞扬女中豪杰,木兰是这样的巾帼英雄,宋朝的另一位女英雄梁红玉也是如此。

梁红玉的父亲和祖父都是武将出身,所以她从小就练就了一身功夫,后来嫁给了抗金名将韩世忠。金军攻破杭州后,韩世忠负责守卫镇江。当时敌众我寡,金军有十万大军,而宋军却只有八千人。胜败难料,韩世忠一筹莫展,梁红玉提出用埋伏的办法击溃敌人,并帮助韩世忠挑选出埋伏的有利地形。第二天,战事开始,梁红玉协助丈夫指挥战斗,在最激烈的时候,还亲自擂鼓助威,宋军士气大增,一举打败了金军,名震华夏。黄天荡一战,金军元气大伤,再也不敢随便过江南入侵中原。

牛郎织女鹊桥相会

每年2月14日情人节那天,大街小巷到处都是玫瑰花,空气中洋溢着浪漫的气息。不过这个情人节是从国外传过来的,中国人其实也有自己的情人节。中国的情人节是在农历七月初七,因此叫作"七夕节"。关于"七夕节"的来历,有一个流传千年、凄美动人的神话传说。

相传在很久以前,南阳城西牛家庄有一个善良忠厚的小伙子,人们都叫他"牛郎"。牛郎的父母很早就去世了,他跟着哥哥和嫂子一起生活。可是嫂子马氏是一个非常恶毒的妇人,经常虐待他,每天都让他干很多的活儿。

有一年秋天,嫂子逼牛郎去放牛。可是她给牛郎九头牛,却让他牵十头牛回家。可怜的牛郎只好赶着牛出了村。他孤零零一个人赶着牛进了山,然后坐在树下伤心,不知道什么时候才能牵着十头牛回家。这时候,有一个白头发白胡须的老人出现在他面前,问他:"小伙子,你为什么这么伤心啊?"牛郎就把他的烦恼告诉了老人。老人听了后微笑着对他说:"别难过,你知道吗？在伏牛山里有一头病倒的老牛，你去好好照顾它，等它病好了，你不就可以牵着它回家了吗？"

牛郎听了很高兴，他翻山越岭，走了很远的路，终于找到了那头有病的老牛。这头老牛的确病得不轻，牛郎连续三天精心地照顾它。第三天的时候，老牛突然开口说话了，把牛郎吓了一跳。老牛说："我其实是天上的灰牛大仙，因为犯了天规被贬

下凡了，摔坏了腿，动不了。我的伤要用百花上的露水洗一个月才能好。"牛郎听了后对老牛说："你放心吧，我会好好照顾你的。"果然，牛郎不辞辛苦，细心地照顾了老牛一个月。白天给老牛采花收集露水治伤，晚上躺在老牛身边睡觉。一个月后，老牛的病好了，牛郎就高高兴兴地赶着这十头牛回家了。

回到家，嫂子依然对他很不好，好几次都想害他，可每次都被老牛识破了。最后，嫂子气急败坏地把牛郎赶出家门，老牛也跟着牛郎一起走了。

有一天，天上的织女和一群仙女偷偷下凡来玩，牛郎在老牛的帮助下认识了织女，二人彼此产生了爱慕之心。后来，织女再次偷偷下凡，找到牛郎，做了牛郎的妻子。牛郎和织女结婚后，男耕女织，还生下一双儿女，生活很甜蜜。心灵手巧的织女还把从天上带来的天蚕分给大家，教大家养蚕、抽丝，这样大家就能织出又光滑又亮丽的绸缎了。但好景不长，织女偷偷下凡和凡人成亲的事被玉帝和王母娘娘知道了，他们大发雷霆。很快，王母娘娘亲自下凡来，强行将织女带回天上，牛郎和两个孩子看到织女被带走了，伤心得大哭不止。

牛郎不是仙人，没法上天找织女。这时，老牛对牛郎说：

"我就要死了,你用我的皮做成鞋子,穿上它就可以上天了。"于是,牛郎按照老牛的话,穿上牛皮做的鞋,挑着一对箩筐,箩筐里一边坐着一个孩子,就这样他们腾云驾雾地追织女去了。他们追啊追,眼看就要追到了,谁知道王母娘娘随手拔下头上的金簪一划,一道波涛汹涌的天河就横在他们面前了。牛郎和织女被隔在河的两岸,只能遥遥相对,哭泣流泪。但是他们忠贞而传奇的爱情故事早已感动了喜鹊,就在牛郎织女快要绝望的时候,成千上万只喜鹊"呼啦啦"地飞来了,它们飞到天河的上方,排列得整整齐齐,这样一座鹊桥就搭起来了,牛郎织女非常惊喜,连忙走上鹊桥相会。看到这个情景,王母娘娘只好松口说:"以后只准你们每年七月初七在这座鹊桥上相会。"

所以,以后每到农历七月初七牛郎织女相会那天,姑娘们晚上就会来到户外抬头仰望星空,寻找天上的银河,希望能看到牛郎织女一年一度的相会,祈祷自己能像织女那样心灵手巧,并且能有一份幸福美满的婚姻。

〔博闻馆〕

唐明皇杨贵妃七夕盟誓

杨玉环与西施、王昭君、貂蝉一起并称为中国古代四大美女。

天宝四年,二十七岁的杨玉环被唐玄宗李隆基封为贵妃。杨贵妃国色天香、妩媚动人,而且有着过人的音乐才华,因此唐玄宗对她百般宠爱。即使三千宠爱在一身,杨贵妃还是免不了会嫉妒,使小性子,以至于有两次惹怒了唐玄宗,把她送出了宫,但唐玄宗抑制不住对她的思念,又很快把她接回来了。两人情深意笃,令人艳羡。

有一年七夕节,唐玄宗和杨贵妃坐在长生殿休息,杨贵妃遥望着天上的牛郎星和织女星,不禁羡慕起他们坚贞不屈的爱情,同时担心自己年老色衰,以后就不再被唐玄宗宠爱了。唐玄宗见爱妃面带忧虑,便问她怎么了。杨贵妃就对唐玄宗说出自己的心事,唐玄宗听了以后深受感动,两人互诉衷肠,情深意长。对着牛郎织女星,他们许下"愿生生世世为夫妻"的誓约。白居易在《长恨歌》中对此有过动人的描写:"七月七日长生殿,夜半无人私语时。在天愿做比翼鸟,在地愿为连理枝。"

唐玄宗与杨贵妃在长生殿七夕盟誓,因此长生殿成为流传千古的爱情圣地。长生殿是唐朝都城长安城郊的皇家园林,即今天陕西西安临潼区的华清池。现在,西安每年都会举行华清池"中华七夕情人节"大型活动。而七夕节作为中国传统的节日,2006年被列入首批国家级非物质文化遗产名录。

毛延寿与昭君出塞

西汉元帝刘奭(shì)在位时,因为宫娥太多,元帝就命御用画工把宫女的相貌都画下来,以便根据画像来选择要宠幸的女子。因为竞争激烈,很多宫娥为了得到皇上的宠幸,纷纷向画师行贿,以求将自己画得美一点。渐渐地,宫娥向画工行贿成为了一种惯例。

这一天,轮到画师毛延寿当值画像。毛延寿善画人物肖像,不论老少美丑,都画得非常逼真,因此成了宫中有名的画师,很多宫娥都出大价钱请他为自己画像,因为但凡经过毛延寿修饰画像的,不多久都会被皇帝看中,因而可以脱颖而出、一飞冲天。所以,毛延寿收钱也收得越来越多,收得越来越心安理得。

偏偏这一天毛延寿竟然碰到个例外。这个要画像的宫娥叫王嫱,字昭君,长得亭亭玉立,美艳动人,就连天天为宫中美女画像的毛延寿都看得有些呆了。毛延寿冲王昭君摊了摊手,示意要王昭君给他惯例钱,王昭君正色道:"画师你为汉家天子尽忠，拿的是朝廷的俸禄，为天子的嫔妃画像是你的本分，为何还要收钱？我们这样的普通宫娥本来就家境困难，你怎么忍心再盘剥我们？"毛延寿要钱不得，反被王昭君说得哑口无言，心生怨恨，便故意把王昭君的画像画得很丑，而且还给她加了一个丧夫落泪痣。

汉元帝看了王昭君的画像，心生厌恶，五年都不曾召见王昭君一次。

当时，北方匈奴十分强大，经常在边境上骚扰掳掠。西汉时对待匈奴的政策是软硬兼施，有时派大军征伐，有时采用和亲政策。所谓和亲，就是皇帝将自己的女儿（实际上多用皇族姑娘甚至宫女冒充）嫁给匈奴，做单于的阏氏。

汉元帝竟宁元年（公元前33年），匈奴王呼韩邪到长安来朝，表示愿做汉家的女婿，汉元帝很高兴地同意了。元帝取出画工们所画的宫娥像，选出一个长相丑陋的冒充公主，这个人就是王昭君。

王昭君马上就要成为匈奴的王后了，按照礼仪，汉元帝应该召见她。这天元帝接见时，看到王昭君长得很美，与画像上的模样完全不一样，而且举止端庄大方，善于言辞，元帝十分喜爱，

但也后悔莫及,因名分已定,只好割爱,让她下嫁到匈奴。

王昭君走后,汉元帝后悔放走了这样一位绝代佳人,发现自己受了毛延寿的骗,追查下去,查出毛延寿受贿,于是一怒之下将毛延寿杀掉了。

[博闻馆]

中国古代四大美女

中国古代四大美女享有"沉鱼落雁之容,闭月羞花之貌"的美誉。

"沉鱼"讲的是春秋战国时西施的故事。西施原是浣纱女,传说她在河边浣纱时,清澈的河水映照着她姣好的面容。鱼儿看见她的倒影,竟忘记了游水,渐渐沉到河底。

"落雁"说的是王昭君出塞的故事。王昭君离开故土时,肝肠寸断。她在马背上拨动琴弦,奏响离别之曲。大雁听到这琴声,忘记摆动翅膀,落了下来。从此,王昭君就得来"落雁"的代称。

"闭月"是貂蝉的代称。一次,貂蝉在后花园拜月,轻风吹来,一块浮云将皎洁的明月遮住。其义父王允认为月亮比不过他女儿的美貌,躲在云彩后面去了。

"羞花"说的是杨玉环。杨玉环刚进宫时,不受宠爱。一次百无聊赖时,她摸到一朵花,花瓣立即收缩,绿叶卷起。旁人于是宣称花儿见到杨玉环的美都含羞低下了头。其实,杨玉环摸的是含羞草。

白娘子报恩

俗话说，上有天堂，下有苏杭。就在这杨柳依依、细雨迷蒙的四月天里，有一个美丽绝俗的白衣女子撑着纸伞立在杭州西湖桥头，斯人独徘徊，这一幕恰巧被坐在渡船上的一位公子见到，一时竟看呆了。

这位公子名叫许仙，是杭州城里一家药铺的小伙计。立在桥头的美丽女子就是后来和许仙结为夫妻的白娘子。为什么这美如天仙的白娘子会选择许仙这个药铺小伙计做郎君呢？这话要从好几世之前说起了。

大约在三千年前，一个小牧童在深林中玩耍时，看见一个长相凶猛的猎人正抓着一条小白蛇要杀死它。小牧童看着心疼，便用自己的一只小羊作交换，让猎人放了那条小白蛇。那小白蛇其实极有灵性，被猎人放生之后便潜入深山修炼，几千年后终于修炼成了人形，并拥有极高的法力，于是便化为一个异常貌美的女子，来到凡间寻找当年那个小牧童报恩。而许仙不是别人，正是当年那个小牧童的转世。

别看许仙只是个药铺的小伙计，但他为人厚道老实，又勤学聪明，在白娘子的帮助下开了一家他们自己的药铺。许仙医术好又待人宽厚，而白娘子的医道更是高深莫测，他们药铺的生意很快就红红火火起来。

一天，许仙在路上突然被一个和尚拦住，这个和尚自称是金山寺住持，法力无边，名叫法海，他说许仙的脸上有妖气，断定他家中的妻子一定是个千年妖精。许仙听后又怀疑又害怕。法海见许仙被吓得脸色苍白，继续说："你若是不相信，过几天便是端午节，你回去悄悄放些雄黄在酒中，到那天让她喝下，等喝过酒后，妖精自然会现形，到时你就知道我说的是不是真的了。"

许仙将信将疑地回到家中。转眼到了端午节，他在药铺中焦躁地走来走去，考虑了很久，还是悄悄在酒中放了许多雄黄。白娘子本不喝酒，但许仙这天却执意要她喝一些。拗不过倔强的许仙，白娘子只好喝了几口。

不一会儿，白娘子突然感觉身上像着了火一般，哭着问许仙酒里放了什么，许仙见到妻子难受的样子顿时后悔了，便一五一十地把真相告诉了白娘子，话还没说完，白娘子便晕了过去。

　　再醒来时,白娘子看到许仙倒在自己身边,已经没了呼吸,她估计应该是自己酒后现了原形吓坏了许仙。白娘子历经千辛万苦盗取了天上的仙草,捧回家中喂给许仙吃,许仙终于缓缓睁开了眼睛。

　　经历了这一番起死回生,许仙再见到妻子还是有些害怕,可是当白娘子把自己下凡报恩的原委告诉他之后,他突然如释重负:自己与妻子感情如此深厚,她虽是蛇精,但并无害人的意图，不但对自己温柔体贴，还医治好了那么多的百姓。想到这些，许仙真诚地请求白娘子谅解，两人的生活重归平静幸福。

可是法海和尚却念念不忘要将白蛇精除掉。有一次，他趁白娘子不在家，偷偷地把许仙骗入金山寺中，并关押了起来，不让他再见白娘子。白娘子赶到金山寺想救出丈夫，遭到法海拦阻。二人在寺前斗法，白娘子用水攻，法海就用土墙挡，水深一尺，墙就高一丈。直到最后，寺前的洪水越积越多，终于一下冲垮了金山寺，淹没了整个杭州城，无数百姓遭殃，田地道路都被冲垮，这也就是民间广为流传的"水漫金山寺"。白娘子此番做法让百姓遭灾，违背了天条，必须接受天庭的惩罚。

这时候她已经有孕在身，便请求天帝先让她生下孩子，之后自愿进入雷峰塔接受关押。多年之后，许仙与白娘子的孩子许士林长大了，听说了母亲的故事之后发誓要将她救出。他勤学苦读考取了状元。在高中状元的当日，许士林身着华丽的状元服来到雷峰塔前祭拜母亲，他的孝心感动了天地，白娘子终于得以走出雷峰塔，实现一家三口的团聚。

白娘子的故事起初非常简单，后来经过人们的口口相传与联想，情节也越来越丰富，到了明代时，故事已经基本有了轮廊。在《警世通言》一书中专门有《白娘子永镇雷峰塔》一节。

〔博闻馆〕

白蛇故事的其他说法

在今天的河南有个许家沟村,相传是白蛇故事的发源地,那里还流传着这个故事的另一种说法:传说当年许家沟村有一位姓许的老人,他从一只黑鹰口中救下了一条白蛇,这条白蛇为报答许家的救命之恩,在修成人形后便嫁给了许家的后人许仙。白娘子精通医术,经常用草药为村民治病,百姓们有病有灾只要找白娘娘就能解决。这也使得附近金山寺的香火变得越发冷落,而金山寺的住持不是别人,正是那只黑鹰的转世——法海和尚。他恨透了白娘子,决心破坏许仙夫妇的婚姻,置白娘子于死地。于是便引出了后来"盗仙草""水漫金山寺"的故事。白娘子在水漫金山时触动胎气,早产生下儿子许士林。法海趁白娘子虚弱不支时用金钵罩住她,并把她镇压在雷峰塔下。心灰意冷的许仙则在雷峰塔下出家修行,护塔侍子。十八年后,许士林高中状元,回乡祭祖拜塔,救出母亲,一家团圆。

刘三姐歌如黄莺

在广西一个宁静的小村庄里，一位少妇正对着窗口一面梳头一面聆听树上黄莺婉转动听的叫声。这天晚上，少妇做了一个梦：树上的那只黄莺衔着一缕头发向她飞来，在她面前扑扇着翅膀，好像在打招呼，然后一下扑进她的肚子里。

一年之后，这位少妇便生了一个女儿，排行老三，唤作刘三姐。刘三姐聪明灵巧，刚学会说话就会唱歌，指物便唱，调子优美，就如同伶俐的小黄莺。她的妈妈常常抚摸着她的头发笑着说："你一定就是那只美丽黄莺的转世。"

三姐渐渐长大，变得越来越漂亮，山歌也越唱越好。很多人听说村里出了个"小黄莺"，都赶来与她对歌较量，而三姐的歌就像小河流水一样流畅悦耳，唱得大家陶醉不已，自愧不如。

别看三姐这么优秀，很多年轻小伙都追求她，可她偏偏只喜欢一件事情——那就是每天做完农活之后，和那个忠厚老实的阿牛哥相约在村口的老树下，两人快乐地对歌。

三姐和阿牛哥两情相悦,心心相印,可有个叫莫怀仁的大财主却打起了三姐的坏主意。他想:我虽然已经有了两个老婆,但刘三姐长得这么漂亮,唱歌又好,我如果把她娶来当小妾,那小黄莺可就是我莫怀仁的笼中鸟啦。于是他派一个油嘴滑舌的媒人去说亲。刘三姐先是客气地婉言拒绝,想不到媒人却软硬兼施,最后威逼利诱:"刘三姐,你可要想清楚,要是

嫁了莫财主，你下半辈子可就不愁吃穿了。莫财主在这里一手遮天，你要是不从这门亲事，当心不仅你自身难保，就连你那相好的阿牛都得跟着遭殃！"

刘三姐最憎恨为霸一方的莫怀仁，她唱道："你爱莫家钱财多，穿金戴银住楼阁，何不劝你亲妹子，嫁到莫家作小婆。"听得媒人一时竟不知说什么好，只好灰溜溜地走了。

莫怀仁哪里甘心，又请来外乡自称最会对歌的三个秀才，这三人装了整整两船的歌书来挑战三姐。阿牛与乡亲们都很担心，三姐却一点也不慌张，听到三秀才自称分别姓"陶""李""罗"，她张口便唱：

"姓陶不见桃结果，姓李不见李花开，姓罗不见锣鼓响，蠢才也敢对歌来。"

三个秀才心想，我们有两船歌书还会怕这个小姑娘？便高傲地对唱：

"赤膊鸡仔你莫恶，你歌哪有我歌多，不信你往船上看，船头船尾都是歌。"

歌书再多也只能是生搬硬套，死记硬背，这哪里比得上刘三姐唱歌出自于心？刘三姐接着对：

"不懂唱歌你莫来,看你也是一蠢才,山歌都是心中出,哪有船装水载来。"

……

就这样你来我往,很快便分出了胜负——三姐随口成歌,曲调优美,而且歌由心生,唱得山上的鸟、河里的鱼连动也不动,都忘了飞忘了游。而三个秀才只知道照本宣科、死记硬背,任凭翻遍船上的歌书也应付不了三姐美妙的歌声,最后只得青着脸灰溜溜地逃走了。

这一招又没奏效,莫怀仁不禁恶从心生:"刘三姐竟敢不从我,看我怎么给她和阿牛那小子尝尝苦头!"

这边莫怀仁在打坏主意,那边百姓们也在积极行动。这莫怀仁平日欺压百姓,害苦了大家,现在又百般刁难他们最喜欢的"小黄莺"刘三姐,他们如何愿意?于是大伙商量着,一起团结起来共同对付这个可恶的大财主。

这下莫怀仁的日子不好过了,"哼,一定是刘三姐撺掇大家的!"他悄悄带了几个人伺机报复刘三姐。

一天,三姐坐在悬崖边的葡萄藤上与阿牛对歌,莫怀仁便悄悄将葡萄藤斩断,想让三姐摔下悬崖,想不到那葡萄藤刚刚断开又马上连在一起,怎么砍都砍不断。莫怀仁便趁葡萄藤刚刚砍断时用一个大脸盆从中隔断,葡萄藤连不到一起,刘三姐忽忽悠悠地便向山下坠落,紧接着阿牛也被莫怀仁手下的人砍伤昏死过去。

但是三姐并没有摔着,因为缠在她身上的葡萄藤突然变成厚重的垫子垫在她身下,轻飘飘地落在悬崖下的河面上,缓缓向下游漂去,并被一个渔民救了起来。

三姐醒来之后谢过渔民,便把自己打扮成一个老乞丐。她找到了莫怀仁,骗他说自己刚才在一个山洞里见过三姐唱歌,莫怀仁一听,急忙命令这个乞丐带路。就在他刚进山洞的那一刻,三姐使出全力推动一块大山石,瞬间许多石块"哗啦啦"地落了下来,把莫怀仁砸死在山洞里。

后来,在三姐的悉心照料下,阿牛很快养好了伤。这一天,两人手牵手来到柳州城外的立鱼峰上对山歌,他们一唱一和,歌声如此动听,城里城外的人们都听得如痴如醉。就这样唱了三天三夜,两人突然不见了。柳州人为了纪念三姐,就把她的神像刻在立鱼峰的鲤鱼岩上。后来有人又在桂林城外的七星岩上见到两人,成千上万的人都静静地站在岩下倾听,竟忘了吃饭忘了睡觉。三姐和阿牛唱了足足七天七夜,再一次不见了,这一次,大家看到有一对黄莺在半空中低低地盘旋着,好像在向人们告别,然后一起朝天上飞去。人们为了纪念三姐与阿牛,又在七星岩上塑了两个石像。

刘三姐是壮族民间传说中的人物。明清以来,有关她的传说与歌谣的文献记载很多。

〔博闻馆〕

其他传说中的刘三姐

刘三姐的故事流传了千百年,在广西的不同地区有着不同传说。关于刘三姐的结局,一种说法是莫怀仁勾结官府陷害三姐,乡亲们为了保护三姐,纷纷拿起锄头铁锹与官兵抗争,而三姐不忍心看到乡亲们受伤流血,便纵身跃入深潭之中。水中鱼儿不舍得三姐就这么死去,一条巨大的鲤鱼跃出水面,驮着三姐缓缓飞向天空,从此,三姐化作了天上的歌仙。还有一说是三姐在贵县的西山与一个乘着白鹤的少年对歌七天七夜,听得人们如痴如醉,之后三姐便化作山上的石头,日夜守望自己热爱的家乡。如今在广西壮族地区，人们为了世代记住刘三姐，选定"三月三"这一天作为壮族地区最大的歌圩（xū）日，也叫"歌仙节"，以唱歌的形式来怀念这位歌声如黄莺一般的女子。

阿诗玛和阿黑哥

七月火把节这天，在一个叫阿着底的彝族小村落中，阿黑哥向村里最美丽最会唱歌的姑娘——阿诗玛表达了自己深深的心意。阿诗玛与阿黑哥从小一起长大，她其实早就喜欢勤劳善良的阿黑哥，于是羞涩地用歌声婉转表达了自己的心意。多好的一对啊，阿爹阿娘看在眼里，乐在心里，当晚就为他们定下了亲事。

提起这阿诗玛，阿着底的人们无不竖起大拇指，她不仅貌美而且聪明伶俐，歌儿唱得也好，人们都说她的声音像百灵鸟一样动听。她看到什么就能马上编成词曲唱出来，常常引得路人停下脚步欣赏；如果她再随着歌声跳一支舞，听者就更加陶醉了，甚至忘了赶路、劳作。

阿黑哥自小就是孤儿，是阿诗玛的阿爹在树林中救出了迷路的他，看着阿黑这孩子既乖巧又坚强，阿爹阿娘十分喜欢，把他看作自己的亲儿子一样。阿黑和阿诗玛就这样一起长大，两小无猜，彼此倾心。如今，阿黑也已经长成了大小伙儿，他勇敢、机智又能干，射箭、唱歌、吹笛、干农活没有人能比得过，尽管爱慕他的女子很多，但阿黑只倾心于阿诗玛。

可是天有不测风云，阿诗玛的美名传到一个大财主家的少爷耳中，这个少爷叫阿支，平时骄横跋扈，周围的人都怕他。现在他吵嚷着一定要娶阿诗玛做妻子，财主阿爹当然百般愿意——阿诗玛的美貌他早有耳闻，给儿子娶这么一个会唱歌的漂亮媳妇不是件好事吗？他立即派人送去聘礼，希望阿诗玛尽快过门。

"这是什么道理？我已经订过婚了，怎么能再接受别人的聘礼！"阿诗玛断然拒绝了这门亲事，又狠狠羞辱了那个傲慢的媒人。媒人没把事情办妥，怕回去挨财主骂，便向财主胡乱说了一通阿诗玛如何辱骂阿支少爷、如何看不起财主的话，财主听后对阿诗玛恨得牙痒痒。"既然软的不吃，只好来硬的！"阿支在一旁，给财主阿爹出了个点子——

这天，趁阿黑外出牧羊，阿支派人把阿诗玛强抢过来，想要霸占她。阿诗玛虽然害怕，但她知道阿黑一定会来救她，于是她假装不哭也不闹，让阿支放松了警惕，把她独自一人关在一个小黑屋中。

而此时的阿黑得到消息,骑着快马火速赶到财主家,向阿支要人,阿支耍赖说:"你要是对歌能对得过我,我就给你开,否则休想进我家门。"这对歌哪里难得住阿黑。阿支本以为自己唱歌很好,没想到阿黑一开唱,自己就败下阵来。

于是阿支只得放阿黑进了大门,可是他不甘心阿诗玛就这么被领走,便刁难阿黑说:"我有一间小屋子,你若是敢在里面睡一宿,明早你就可以把阿诗玛带走!"

那可不是普通的屋子呀，要知道阿支在屋子里放了三只老虎。但阿支没想到，阿黑早有准备，一进门，他便仔细听周围的动静，确定了老虎的位置后，张开三支箭便猛力射了出去。三声闷响后，那三只老虎都死了。阿支头一回见到这么厉害的人，不仅不怕虎，还能一下射中三只老虎，一时间也无计可施，只好答应第二天一早让阿黑带走阿诗玛。

就在阿黑拉着阿诗玛要走出大门的时候，阿支又反悔了，立即命人反锁了大门。阿黑忍无可忍，又拿出三支箭，第一支把大门射开，第二支射在大堂的柱子上，第三支射在供桌上，任凭家丁们怎么拔都拔不出来。阿支见状又心生一计，他得意地对阿诗玛说："阿诗玛呀，不是我不放你们走，这样吧，只要你能把这支箭拔下来，我就让你跟阿黑走。"阿诗玛轻蔑地看了他一眼，走到箭旁，像摘花一样轻轻地拔下箭来，然后拉着阿黑昂着头一同离开。

阿诗玛走后，阿支后悔不已，他悄悄找到凶狠的崖神，拜托崖神说："一会儿阿黑和阿诗玛要经过这里，你到时就把小溪变成大河道，让上游的水冲走他们！"这可恶的崖神巴不得多吃一些人，听了这个提议自然同意，于是专等着阿黑和阿诗玛。不一会儿果真见到两人走到了小溪附近，就在阿诗玛的脚刚刚踏进小溪的时候，崖神张开大口，顿时小溪变成大洪水，一下把阿诗玛冲得没了踪影。

"阿诗玛，阿诗玛……"阿黑沿着大河一路不停地呼唤着，伤心地找寻了很久，直到听见对面的山上传来自己的声音："阿诗玛，阿诗玛……"

咦，为什么对面有人在重复自己的声音？阿黑又试了试，还是如此。原来是山上的应山歌仙女看到了被冲走的阿诗玛，奋力救出了她。可是阿诗玛已经化成了一座石峰，变成了回声神，所以人们对着她喊什么，她就会不断地重复着说什么。

阿黑失去了阿诗玛，他非常伤心，从此之后，他每天都会向着阿诗玛化作的山峰呼喊几声。很多年过去了，远近的彝族百姓听说了这件事，大家都到石峰下跳舞唱歌，表达对阿诗玛的怀念。每到节日，年轻的小伙子还会来到石峰下为心爱的姑娘弹琴唱歌，诉说爱慕之情。那山峰上不断盘旋缠绕的回声，也好像在祝福相爱的人们。

阿诗玛的故事源自彝族民间传说。

牡丹被贬洛阳

古都洛阳历史悠久,物产丰富,文化灿烂。国花牡丹盛产于洛阳,所以洛阳又被称为"花都"。"花中之王"的牡丹为何独独青睐洛阳这个地方呢?这里有着一段美丽的传说。

唐代女皇武则天登上帝位之后,认为自己的权力和天上的日月一样崇高。有一年冬天,武则天兴致大发,在上苑和大臣一起饮酒赏雪。花园里白雪皑皑,几处红梅花开得正艳,后花园里欢声笑语,热闹非凡。

这时,有个臣子想讨武则天欢心,对她说:"皇上,红梅花虽然好看,但毕竟是一花独放,如果皇上能下一道圣旨,命令百花都在冬天开放,岂不是更合您的心意,更显您的威严?"

另一个臣子摇摇头说:"寒冬腊月,正是红梅花盛开的季节。等到明年春天来了,百花自会开放,到时候再观赏也不迟啊!"

武则天已经喝到兴头上,她哈哈一笑,挥手说道:"春天开花没有什么稀奇,我是皇帝,我命令百花何时开放,她们就得开放!"

只见武则天大笔一挥,写下几句诗:"明朝游上苑,火急报春知。花须连夜发,莫待晓风吹。"意思就是命令百花马上齐放,不能拖延。写完圣旨,命令宫女拿去烧了,将旨意传达给花神。

花神接到圣旨,不禁犯了愁。在寒冬开花是违反季节规律的,但是武则天是真命天子,她的威严就连天上的神仙都要惧怕三分。她召集起各位花仙子,商讨对策。

比较胆小的桃花仙子瑟瑟发抖地说:"天子可是触犯不得的,我们还是遵旨,提前开花吧!"

其他花仙子也连声附和。这时,牡丹仙子断然说道:"就算她是天子又怎么样?我们开花各有自己的时节,不能违背了天时,违反了自然规律,给天下苍生招来祸害!"

"可是武皇帝心狠手辣,什么事都干得出来呀,要是我们不遵旨,恐怕就要大祸临头了!"

牡丹仙子凛然地说:"只要我们坚持自己的骨气,她也奈何不了我们!"

第二天一大早,武则天从酒醉中醒来,宫女急匆匆来报:"皇上!上苑的百花全开了!"她模糊地想起了昨天的圣旨,赶忙来到上苑一看,只见各色的花木全部开放了,将整个花园点缀成了春天!一起赶来的百官全部跪下,齐声高喊万岁,武则天得意万分。突然,她发现只有牡丹花圃里还是一片枯枝,不禁怒从中来:"大胆的牡丹抗旨,来人,将牡丹花枝全烧了!"只见火光冲天,花圃里的牡丹花瞬间便成了灰烬。武则天还不解气,又命令将牡丹花连根铲除,扔到洛阳的邙(máng)山上,让牡丹花从此断种绝代!

原来，武则天到过洛阳邙山一带，知道那儿荒凉偏僻，牡丹到了那儿必然会受苦受罪，这样才能解她心头之恨！

谁知，牡丹虽然承受了烈火焚身之苦，到了洛阳后，凭着一股傲气，居然在贫瘠的土地里扎下了新根，第二年春天染绿了整个山头！邙山的人们感念牡丹的顽强和不屈，将牡丹细心栽培起来，牡丹从此在洛阳扎下了根，一年又一年，牡丹花越开越繁盛，生生不息。其中有一种牡丹，因为受了烈焰灼烧之后，花色红得似火，人们叫它"焦骨牡丹"，也称为"洛阳红"。牡丹的坚贞不屈和铮铮铁骨，使其成为了中华民族精神的一种象征，成为了百花之王，洛阳也因之名满天下！

苏小妹三难新郎

在明代冯梦龙《醒世恒言》中,记载了一个关于"苏小妹三难新郎"的趣味故事。

"女才子"苏小妹与当时著名的才子秦少游喜结良缘,在新婚之夜,苏小妹紧闭洞房大门,让丫环给新郎送出三道题目,并传话说,全答对了,方才准许进屋。第一题是藏头诗,第二题是人名谜,对秦少游来说,没费什么事就答对了。

少游拆开第三个题封,是个对子,上写七个字:

闭门推出窗前月

秦少游一看,正中下怀,因为他是对对子的高手,而且出句并不难,用不着各种修辞。他心想:既然出句普通,我得对个奇句,让小妹也见识见识我秦某的才华。越想对出佳句,越觉得出句不一般,便越加对不出来,灵感不知跑到哪里去了。这时候着急的不止秦少游一个人,还有谁呀?苏东坡啊!因为他深知小妹生性伶俐,常做出些古灵精怪的事,怕她今夜难为秦少游,特地出来看看。果然,秦少游在廊下转来转去,嘴里

不断地念叨:"闭门——推出——窗前——月——"只见他两只手又推又拉,还直摇脑袋,苏东坡一下就明白了,这是让他对对子呀!我得助他一臂之力。东坡急切思之,也没有好句对出。正在这时,他见少游站在院里的一口大金鱼缸前发愣,里边满满贮着一缸清水。东坡灵机一动,心里便有了主意,但他又不能去跟前告诉少游,小妹肯定在窗内盯着呢!怎么办?他只好随手捡起一块小石子,一挥手,扔进水缸里。缸里清水一下子溅出来，夜深人静之时，石子入水的"扑嗵"声显得格外清脆。秦少游往水缸里一看，只见波纹荡漾，天光月影随之摇动，一会儿便复原了。他一下子明白过来，这不就是下联吗？顷刻间，下联脱口而出：

    投石冲开水底天

声音刚落，"吱呀"一声，房门大开，丫环提着红灯笼走出来说："小姐有请！"秦少游向后一拱手，转身昂首挺胸，迈着方步，进了洞房。这就是著名的"苏小妹三难新郎"的故事。

苏东坡与东坡肉

苏东坡是北宋时期著名的大文学家，他博学多才，不仅写诗作文很厉害，对如何烹调美味的菜肴也很有研究。苏东坡常常自己下厨，创制了不少菜肴，有的菜品流传出去，成了广为人知的名菜，就会冠以"东坡"的名字，其中我们最熟悉的要数"东坡肉"了。

东坡肉是杭州的一道名菜，它的成名可是有一段漫长历史的。这道菜的雏形是苏东坡在徐州做的"回赠肉"。苏东坡当年在徐州做知州时，碰上了黄河决口，暴雨接连下了好几天，河水水位猛涨。眼看徐州百姓就要遭受洪水的侵袭，身为父母官的苏东坡当然不能坐视不管，他身先士卒，率领部下和百姓积极修筑堤坝，抵抗洪水，经过数日昼夜奋战，徐州城终于躲过了洪水。徐州百姓为了感谢苏东坡，知道他爱吃猪肉，就新宰了几头猪送给他。苏东坡为官清正廉洁，为百姓做的是分内事，本不愿收礼，但乡亲们的好意难以推却，就只好先将礼物如数收下。苏东坡做红烧肉特别拿手，于是他指点家厨将乡亲们送来的猪肉都做成了一小份一小份的红烧肉，回赠给参加抗洪的百姓。这红烧肉做得肥而不腻、香糯爽滑，百姓吃后无不拍手叫好，并将之命名为"回赠肉"。

几年后，苏东坡因为得罪了朝中权贵，被贬到湖北黄州做团练副使。这个官职没有实权，工作很清闲。苏东坡闲来无事就常常研究菜谱，想把菜肴做得精益求精，他偶然发现做红烧肉时加点酒，味道更醇美。当时黄州的猪肉在市场上卖得很便

宜，富贵人家不屑于吃，贫穷人家又不懂得做。于是苏东坡就想了个办法，将做红烧肉的方法写成一首诗，告诉大家要"慢着火，少着水"，火候够了，就能将肥猪肉做成好吃的红烧肉。当地百姓纷纷向苏东坡请教，红烧肉就在黄州流行起来。不过，这道红烧肉只在当地出名，在全国并没有多大名气。

东坡肉的名头叫响全国是在苏东坡第二次出任杭州知州时。当时西湖淤塞严重，苏东坡组织工人疏浚西湖，使西湖美景再现。为了犒劳辛苦工作的工人们，苏东坡让厨师做红烧肉给大家吃，并对厨师说，做的时候加点酒味道更好。厨师没听说过这样的做法，不知用什么酒好，想想当地黄酒最有名，就用黄酒吧，于是在做红烧肉时加入了黄酒，做好后苏东坡尝了尝，味道竟比用普通酒做得更香。苏东坡把做好的红烧肉端给工人吃，工人们个个都吃得美滋滋的，还把这道菜亲切地叫作"东坡肉"。后来，杭州有家酒楼的老板，听人们都夸"东坡肉"好吃，就寻来了东坡的烹制秘法，卖起"东坡肉"来，酒楼生意因此红火起来。一时间，杭州大大小小的餐馆都开始卖"东坡肉"，使得"东坡肉"成了杭州的招牌菜，名声响遍全国。

〔博闻馆〕

西湖的苏堤

苏东坡曾两次到杭州做官,在当地做了不少好事,其中一件就是疏浚西湖。苏东坡第二次去杭州做知州时,西湖已经因为严重淤塞,不复当年美景了,于是他决定效法唐代诗人白居易,为西湖清淤去泥,恢复旧貌。西湖疏浚好了,苏东坡却被另一件事难住了:清理西湖所挖出来的淤泥如何处理?四处堆放肯定是不行的,怎么办呢?苏东坡茶饭不思,想了三天三夜,听取了许多人的意见,最后决定用这些淤泥在湖上修一条贯穿南北的长堤,这样既处理了淤泥,又方便了湖两岸的交通,可谓一举两得。长堤修好后,苏东坡还命人在两侧种上桃树和柳树,到了春天,堤上桃红柳绿,成了西湖新景。后人为怀念苏东坡浚湖筑堤的功绩,就将这条长堤称为"苏堤"。"苏堤春晓"就成了今日西湖十景之一。

八仙桌是怎么来的？

三月初三的蓬莱仙聚散了已有两月，可牡丹花的香气、长寿糕的余味却还都停留在铁拐李等八位仙人的鼻腔里、舌尖上。这不，趁着高兴劲儿，八仙由东海一路遍走名胜，且歌且行。时而施法术变换行踪，时而把酒言欢觥（gōng）筹交错，沉醉酣睡，好不快活！"快活神仙"四个字实在当之无愧！不知不觉，田野上新翠成浓绿，转眼已经入夏了。

见到这几位，可真有"得道真仙不易逢，几时归去愿相从"的感慨。

这一日，已近晌午，八位仙人正走到一处地界，景色不俗，只是穷乡僻壤人烟稀少，酒庄食肆更无处可见，无奈大家的肚子都咕咕作响了。何仙姑手中的荷叶已经晒蔫儿了，软软地趴在她的肩上；铁拐李也收了拐杖，兀自坐在阴凉地扇扇子，眼皮却开始打架了；再看这边，鹤发童颜的张果老连同他的白驴儿早已鼾声大作起来……

百无聊赖时，突然一阵唢呐喇叭声传了过来。"我当此地真是寥落无趣味,原来错了,哈哈哈。"吕洞宾拢了拢宝剑,突然来了精神。众仙循声往山下一望,喜出望外,原来一户人家正在办喜事,还不到接新娘的时辰,可是亲朋好友已经来了不少,院门口的乐队吹吹打打,好生热闹,门上的大红喜字和红绸大花仿佛也跟着一晃一颤,直晃得八位仙人心里痒痒。这八位最爱凑这些世俗热闹,喜宴,决不能错过!"诸位,此番热闹,我们怎能错过?"吕洞宾声音还未落,回头看时其余七位已经没了影儿。原来,就在他说话的当儿,那七位已经施移形之术,忽地一下就到人家门口了。"你们几个老小孩儿,白长了一大把年纪,还这般不稳重,急得猴子似的!"说罢,吕洞宾也不见了。眨眼的工夫,八位仙人已经聚齐了。

  门前的老夫妻正满脸笑意地招呼着来赴宴的亲朋们。八仙却在门口踌躇起来——怎么才能进去呢?"咱们就说是亲戚嘛,远房亲戚。"一直未开口的曹国舅献策。"可是,人家能记得有咱这模样的远房亲戚吗?"何仙姑边说边瞧了瞧袒胸露腹、大红脸膛还扎着两个丫髻的汉钟离,汉钟离不好意思地紧了紧衣襟,又斜着眼睛瞅了瞅黑脸蓬头、卷须巨眼的铁拐李。一时间众仙哈哈大笑起来,"也罢,也罢,我们姑且试一试吧！"这办喜事的人家，虽对这几位远房亲戚实在摸不着头脑，搜肠刮肚也想不起来，但大喜的日子，来者都是客，又见他们八位眉宇间自带一段清明慈慧，便都客客气气地请了进来。八位仙人当然觉得好玩极了，前呼后拥连说带笑进了院子，正准备入席吃酒，先是一愣——好端端的美味佳肴都摆在地上的石板上——这样如何坐得舒适，吃得尽兴？再抬头看天，乌云聚了起来，豆大的雨点不由分说砸将下来。只见主人连同

宾客赶紧托盘捧碗把菜肴救回厨房,忙个不停。疑惑的八仙看看彼此,向来沉稳的韩湘子终于忍不住问了主人:"为何不把宴席设在堂屋里,岂不是省去这番劳碌之苦?"主人无奈地答道:"我们自古以来就是在这石板上吃饭,石板太重不便搬到屋里面去,也知道这时节阴晴不定,骤雨说来即来,可也没有别的法子啊!"八仙听罢,说道:"可否让我们几人到堂屋里端详端详?""当然可以,请。"八位仙人看着这堂屋还算宽敞;又见院子里有不少木料,于是计上心来。"请诸位亲朋先在屋外檐下避避雨,我们一会儿便好。"人们都觉得奇怪,望着紧闭的屋门低声议论着。不过一炷香的时间,屋门打开,屋外的人着实吃了一惊——只见堂屋里面整整齐齐摆上了一排木头方桌,四边还配着木头条凳,八仙笑着招呼众人快来坐上试试,众人无不称好:"一边两人,一桌八人,入座多,数儿又吉祥,好啊!""桌子方正,条凳细长,很节省地方啊!""下雨刮风的时候在屋子里坐着吃饭喝茶多舒服,啧啧,真神了!""一、二……六、七、八,咱们坐上这一桌,也好似那各显神通的'八仙'啦!"八位仙人听罢,也不分辩什么,只是哈哈大笑起来。主人连忙招呼道:"诸位快快请上座,俗话说'风雨招贵人',

一点没错！你们可是我家的贵人哪！"外面大雨如注，可是屋内却一团热闹喜气。就在主人招呼其他宾客的时候，八位仙人起身告辞，主人拜谢身子还未直起，仙人们已经不知所踪了。只隐隐听见渺渺的歌声："踏歌踏歌蓝采和，世界能几何？红颜三春树，流年一掷梭。古人混混去不返，今人纷纷来更多……"

今天，蓝采和的歌声是听不到了，但这桌子还见得着。它就是后来上至帝王贵族下至寻常百姓都喜爱、勾栏瓦舍酒肆食铺里都实用的八仙桌！这可是咱百姓家里名副其实的"仙人制造"啊！不信，你摸一摸，嗅一嗅，它还带着"仙气"呢！

〔博闻馆〕

七巧桌

除了方方正正的八仙桌，古人还发明了一种有趣的桌子"七巧桌"。我们都知道七巧板，七巧桌就是利用这个原理设计的。一张桌子分成七个部分，通过不同的拼接方式，可以是一张方桌，可以是一张长桌，还可以是两张方桌，以及鱼形的桌子……

七巧板能拼成什么形状，桌子就可以是什么形状。

　　七巧桌实在太难做了！想想也知道，桌子的每个部分必须严格按照七巧板的尺寸打造，某一个部件多了一毫米，都拼不成完整的样子。一个木匠一辈子要是能做成哪怕一套七巧桌，都会被奉为大师。

　　流传下来的七巧桌更少，颐和园、鲁迅故居……有数的几套七巧桌里，苏州留园的那一套最有意思，它最独特的设计在于：跟这套桌子相配的，还有两个方形套子，一个套子上的图案是围棋盘，另一个是象棋盘，要是把这套桌子分成两组，摆成两个方桌，再分别套上套子，就可以供两拨人同时下棋了。

鲁班是怎么发明锯的？

每个行业都有自己的祖师爷，木匠行业的祖师爷就是鲁班了。两千多年前的春秋战国时代，鲁班出生在一个世代工匠家庭，他不仅做木活的手艺好，而且还是个大发明家。锯子、墨斗、刨子、钻子，还有伞，据说都是他发明的。

有一年，鲁班接受了一个任务——为王室建造一座巨大的宫殿。建宫殿需要很多木材，鲁班带着徒弟和工人们上山，日夜砍伐树木。当时砍树的工具只有斧头，砍起树来很费劲。大家每天起早贪黑拼命地干，累得筋疲力尽，可砍下的木材还是远远不够。

鲁班心里十分着急，一天清晨，天才蒙蒙亮，他又带着徒弟和工人们上山了。山上路滑，他便抓住路边的野草往山上爬。"啊！"鲁班惊叫了一声，觉得手上火辣辣地疼，低头一看，手已经被野草划破了，流了不少血。徒弟们赶紧把鲁班扶到一边，让他好好休息。鲁班看着手上的伤口，心里想，真是奇怪，细细的野草怎么能把手划破呢？他摘下一片草叶子仔细观察，这才发现草的叶子两侧长着很多小小的细齿。原来就是这细齿把我的手割破的……看来细齿真的很厉害。

正在这时,鲁班又看见一只蝗虫在啃叶子,蝗虫那么小,可是啃起树叶来却十分利落。他抓起一只蝗虫,仔细观察它的牙齿,发现蝗虫有两颗大门牙,而大门牙上也长着很多细齿。鲁班一下子就有了灵感:如果把砍树的工具也做成锋利的细齿状,是不是砍起树木来也会容易很多?说干就干,鲁

班砍下一根毛竹,把它做成边缘满是小细齿的竹片,然后用这小竹片在一棵树上做实验。果然,小树的树皮一下子就被划破了。

鲁班很兴奋,他使劲地拉小竹片,树皮越划越深,不过,小竹片的问题也很快暴露出来:竹片太脆弱了,小细齿没拉多久就断了。看来要换一种牢靠点的材料。鲁班心里想,什么材料才适合做成锯齿呢?他四处张望,一眼看到了徒弟们砍树用的斧头:对了,斧头是用铁做的,看来这种工具也要用铁做,把小竹片换成小铁片不就行了吗!

鲁班立即下山,找来铁匠帮忙做了一个有小细齿的铁片,然后又跑回山上接着做实验。鲁班和徒弟一人拉着铁片的一端,在一棵树上来回地锯,你一下我一下,不一会儿,树就被锯断了,真是又快又省力。

后来鲁班还对锯子做了改良,为了方便两个人拉,就在上面加了一个弓一样的木杆。有了锯,他们砍伐木材就容易得多了,宫殿也在规定的时间内建成了。

有关鲁班的故事在民间广泛流传。

〔博闻馆〕

墨子巧语启发鲁班

鲁班年轻的时候很喜欢做一些精巧的东西,以显示自己的才能。有一次他发明了一个神奇的木鹊,可以在天上一连飞三天也不会掉下来。鲁班拿去向墨子炫耀,墨子看完后却一点也没有露出惊奇的神色,反而摇了摇头,叹口气说:"这东西看起来很精巧,但还不如一个普通木匠削出来的车轴上的木楔呢,木楔一装上,车轮就不会脱落,车子就能运东西了,但你的木鹊除了好玩还能干什么呢?木匠做的东西,对人们有用的叫作巧,对人们没用的就叫拙。"鲁班听了,深受启发,默默地把木鹊收了起来。后来他一直记着墨子的话,一心想着要做实用的东西,发明了墨斗、锯子、刨子、钻子,还有伞,成为木匠的祖师爷。

杜康造酒

魏王曹操有一句千古流传的佳句:"何以解忧?唯有杜康。"这"杜康"如今已经成了好酒的代名词,其实杜康确有其人,生活在上古时期,传说是用粮食酿酒的鼻祖。

杜康是大禹手下的一位大臣,深得大禹的信任,负责掌管天下所有的粮食。当时在大禹的治理之下,人民生活安居乐业,农业有了很大的发展,收获的粮食堆放在仓库里,多得吃都吃不完。这对于掌管粮食的杜康来说真是一件难事,必须找到一个新的保存粮食的地方才行。这时有人建议杜康放在山洞里,杜康一想也对,便把仓库放不下的粮食都运到山洞之中。谁知道山洞太潮湿,粮食都发霉了。

杜康犯了这么大的错,大禹自然要惩罚他,于是贬了他的官职,让他去看守粮仓。被贬官的杜康十分后悔,仍然天天苦苦思索保存粮食的办法。

一天,杜康上山砍柴,在深山之中看到几棵枯死的大树横倒在路中央。杜康看着这几棵树,灵机一动,心想如果把这

树的树干都掏空,然后装上米,再把洞口封死,树干里是干燥的,这或许是保存粮食的好办法呢。说干就干,杜康叫来兄弟们一起把这几棵大树掏空,然后把大米注入其中,再用泥巴和着干草皮把树洞封死。此后,每隔几天,杜康便上山来观察一下。转眼一个冬天过去了,大米被保存得新鲜完好。杜康心想,如果过了潮湿的春天和炎热的夏天,这粮食还是好的,那我就把这个办法告诉大禹。

春天过去，粮食完好如初，杜康不禁心中欣喜。夏天来了，这一次，一连下了好几天的大雨，山路泥泞根本没有办法前行，杜康心中担忧树干中的大米，等雨一停，便不顾天气炎热，立刻带着兄弟们上山。到了那里，他们看到一群山羊围在几棵枯树前好像在舔着树皮，空气中弥漫着一股香甜的味道。正当众人惊奇的时候，竟然又看到山羊们都晃悠悠地倒下，像睡着了一般。

究竟发生了什么事？大家赶忙跑到树前，才发现空气中的香味竟然是从树干之中散发出来的。因为雨太大的缘故，许多雨水都渗进了树干，大伙把树洞掏开，发现里面装满了水，散发着让人心醉的味道。

大伙这才明白过来，原来刚才山羊们就是在舔这些渗出树皮的水。闻着这气味如此醇香，大家都禁不住想尝尝看，于是你一口我一口地尝了一下味道。这一尝不得了，水的味道香甜而清新，还微微带着大米的香味，仿佛神水一般。大家都忍不住越喝越多，不知不觉眼前的一切都开始旋转起来，不一会儿众人都倒在地上。

过了好几个时辰，大家才陆陆续续地醒来，都感觉神清气爽，舒服得不得了。大伙儿一商量，便用一个大葫芦装了满满一罐"神水"，献给了大禹。

大禹同样对这种水赞叹不已，但也发现这水不宜多喝，少量饮用却可以让人面色红润，力气壮大，有益健康。献水的当天正好是酉日，大禹就在"酉"字旁边加了个"氵"，给这水起名叫作"酒"，又奖励了杜康，让他继续研究酿酒的方法，把这门技艺发扬光大。

从此，酒就与中国文化结下了不解之缘。人们高兴的时候饮酒开怀，悲伤的时候借酒浇愁，迎宾的时候喝酒欢庆，分离的时候借酒言别。无数美妙的经典诗词都是诗人们开怀痛饮后写下来的。

关于杜康及他造酒的故事在很多书中都有零星的记载，《说文解字》《史记·夏本纪》等书中都有记录。

〔博闻馆〕

三滴血酿酒的传说

传说杜康在受命造酒之后，三年内虽然费尽脑筋却始终酿不出特别满意的味道，十分愁苦。一天晚上做梦，梦里有一个长胡子老头对他说："你的酒总是没有香醇的味道，是因为没有酒引子。从明天开始，你到村口的大槐树下等着，无论是谁经过，都向他索要一滴血，连要三人，滴在酒中，切记！"说完之后化为白烟而去。杜康一下惊醒，知道有神人点拨。第二天一早就去大槐树下等候，直到酉时，才经过一个书生，书生得知情况后很爽快地滴了一滴血给他；第二天又是酉时，槐树下经过一个武夫，他虽然长相凶猛，但并未为难，也给了杜康一滴血；又等到第三天酉时，才经过了第三个人，杜康为难了，这是一个疯子，但也管不了许多，便也生扯着要来一滴血。回家之后他把三滴血滴入酒中，瞬间酒香飘满山间田野。更为神奇的是，后人但凡饮酒，如喝少量，则酒态稳重恭敬，好像书生一般谦谦有礼；再喝多些，则胆子变大，声如洪钟，半醉半醒时，常以为自己就是英雄，就好像当年的武夫一般；如果再喝得酩酊（mǐng dǐng）大醉，则会丑态百出，像疯子一般。这也正是"酒虽美味，不可贪杯"的道理。

每逢端午忆屈原

"五月五,是端午。吃粽子,撒白糖,龙舟下水喜洋洋。"每到农历五月初五,就是我们中华民族的传统节日——端午节了。在这一天,很多人都会吃粽子,看龙舟比赛。这已经是中华民族传承几千年的习俗了,这些习俗是怎么来的呢?

两千多年前的战国时代,很多诸侯国之间展开了激烈交战,争夺领土和人口。当时,楚国是南方的一个诸侯国。屈原是楚国的大臣,立志要为楚国建一番丰功伟业。一开始,楚王很信任他,很多建议都听他的。屈原也推行了很多改革措施,可是这么一来,就触犯了楚国那些旧贵族的利益。那些旧贵族记恨屈原,总是在楚王面前说他的坏话。一个人说,楚王不信,可是两个人、三个人,很多人都来说,楚王就相信了。一怒之下,楚王免除了屈原的职务,把他流放到了江南。

屈原空有一身报国志向却无法施展,心里十分难过。在流放的时候,他写下了很多悲壮的诗篇,如《离骚》《九章》《天问》等。他悲愤地呼喊着:"长太息以掩涕兮,哀民生之多艰!""亦余心之所善兮,虽九死其犹未悔!"表达了对祖国和人民的深厚情感。

　　由于奸臣当道,楚国的状况越来越糟糕,而中原的秦国却逐渐强大了起来。终于在公元前278年,秦国攻破了楚国的首都,楚王却一味割地逃难。听到这个消息,屈原悲愤交加,农历五月初五那天,他披散着长发,吟唱着诗句,走到汨(mì)罗江边。看着滔滔不绝的江水,想起自己日渐衰亡的祖国,心里

有如刀割般痛苦。悲愤之下,他抱起一块青石,纵身跳进了汨罗江。

当地的百姓听到屈原投江的噩耗后,一个个都哭成了泪人。他们早就把屈原当作楚国的圣人了,所有的村落都传唱着屈原的诗歌。可是现在他们的精神领袖却因为楚国日衰而自尽了,人们心里都非常难受。他们争相驾着小木舟在汨罗江上穿梭,希望能打捞出屈原的尸体,好好地厚葬他。江面上到处都是小木舟,而这就是后来赛龙舟这一风俗的来历了。可是,所有人找了一天,还是没找到屈原的尸体。

"这该怎么办呢?屈原的尸体会被鱼儿吃掉的。"大家都很苦恼。这时,有个人提议:"要不我们用叶子包着糯米丢在江里,把鱼儿喂饱了,它们就不会再吃屈原大夫了。"大家觉得这个主意不错,于是拿糯米的拿糯米,摘叶子的摘叶子,然后用叶子把糯米包起来,这就是最早的粽子了。大家纷纷行动,把一个又一个粽子丢进江里,以保护屈原的尸体不受伤害。

后来,这些习俗就一代代地流传下来,每到农历的五月初五,人们都会吃粽子、赛龙舟,来纪念伟大的爱国诗人屈原。

这个传说在《史记·屈原列传》中有详细的记载。

〔博闻馆〕

端午节的其他有趣习俗

在民间,端午节还被称为"恶日"。五月为毒月,五日为毒日,在五月初五这一天,蝎子、蛇、壁虎、蜈蚣、蟾蜍这五种毒虫都出来了,所以叫五毒并出。为了让小孩子们安全度过这个五毒横行的日子,父母们会在孩子的手臂上绑上五彩丝线,或者在其脖子上戴上香囊,以赶走邪魔。

人们还发明了很多习俗,比如在门口插上菖蒲(chāng pú)和艾叶,可以避邪。菖蒲的叶子似宝剑,可以斩千邪;艾草可以招百福,还具有杀菌功能,插在门口,能赶走病魔。

再比如,在江南一带有饮雄黄酒的习俗。雄黄也叫"鸡冠石",将微量雄黄加入酒中制成雄黄酒,有杀菌驱虫解五毒的功效,还可以治皮肤病。端午节之后就是夏天了,蚊虫瘟疫开始盛行,而雄黄酒则有预防的作用。传说中的白娘子,就是在这一天喝下雄黄酒而变回原形的。

为什么腊八节要喝粥？

老北京流传着一首民谣："小孩小孩你别馋，过了腊八就是年。腊八粥，喝几天，哩哩啦啦二十三。"每到农历的腊月初八，每家每户都会熬上一锅腊八粥，放上大豆、红枣、杏仁、莲子等丰富多样的食材，香喷喷热乎乎的，在寒冬腊月喝上一碗，别提有多滋补了。可是，最早喝腊八粥的人——朱元璋，当时可是迫不得已的，这又是怎么回事呢？

朱元璋小时候家里很穷，于是他就去财主家放牛，每天换得两顿饭。转眼到了腊月初八，快要过年了，这一天，朱元璋放牛回来，天已经黑了。他牵着牛走过一座木桥，结果一不小心牛滑了一跤，跌下了河。朱元璋这下可慌了，赶紧跳下去找牛。牛的腿摔断了，痛苦地叫唤着。"这下子可糟了。"朱元璋很难过，小心地把受伤的牛牵回家，心里七上八下，想着：怎么办，怎么办？肯定会被财主惩罚的。

果然，看着一瘸一拐的牛，还没等朱元璋说明原因，老财主的棍子就抽了过来。"你这小子找死吗？把我的宝贝牛摔成这样，你是怎么干活的？"朱元璋抱着头左躲右闪，不停地解释说："我不是故意的，是经过一座桥的时候，牛不小心掉下去了。"财主的棍子像疾风暴雨一样，抽得更厉害了。"你还敢狡辩，看我怎么打你！"

打着打着，财主也累了，就把朱元璋丢进黑乎乎的柴房，罚他不许吃晚饭。可怜的朱元璋全身是伤，又放了一天牛，肚

子早已经饿得不行了,头也发晕,四肢一点力气都没有。"好饿呀,哪里有吃的呢?"朱元璋在柴房里找来找去,只翻出来一个破铁锅,连一粒粮食都没找到。他沮丧极了,一屁股坐在地上,不知道该怎么办。

"叽叽叽叽",他好像听到了老鼠的叫声,顺着老鼠的叫声找去,果然发现了一个老鼠洞。他伸手往洞里摸,居然掏出了一些小米,再一掏,还有红豆、红枣、花生。看来,这些都是老鼠偷来的战利品。虽然这些东西都脏兮兮的,很多还被老鼠咬过,但是饿极了的朱元璋再也顾不得了,就用柴房里的柴生起了火,把那只破铁锅架在火上,锅里加上水,把从老鼠洞里掏出来的东西都放进去,煮起粥来。

转眼二十多年过去了,朱元璋已经坐在了金碧辉煌的宫殿里,吃着山珍海味,天下珍馐(xiū)享用不尽,但却一直没有满足的感觉。又到一年的腊月初八,他想起了当年在柴房的那个夜晚,还有自己吃的那一锅粥。当时他一直守在铁锅边,闻到香味一点点地溢出来,心里满是期待。粥刚煮好,他也顾不得烫了,倒进嘴里时被烫得"哇"的一声大叫,但是心里却充满了喜悦。那么一大锅粥,他吃得连一粒米都不剩,喝完之后还用舌头舔了好几遍锅底,直呼:"好吃,好吃,太好吃了!"想到这里,朱元璋命御膳房用小米、红枣、红豆、花生等杂粮也煮一碗粥。等粥呈上来时,他恍惚又回到了少年时的光阴,捧着这碗粥泪流不止,并下令赐给各位大臣,告诫大家不要忘记过去的苦日子,为官要廉洁朴素,勤政爱民。

从此,腊月初八喝腊八粥的习俗也一代代流传了下来。

〔博闻馆〕

腊八节的其他民俗

在中国古代,腊月初八除了要喝腊八粥外,还有其他的一些风俗。在北方一些地区有腊八节吃冰的习俗。腊八前一天晚上,用盆装满水放在院子里,等第二天早上水结成冰了,人们就把冰敲碎了吃下去。据说这一天吃冰,能保证今后的一年不拉肚子。

老北京有句民谣:"腊八粥、腊八蒜,放账的送信儿,欠债的还钱。"说的是腊八这天,北京人不仅要喝腊八粥,而且要吃腊八蒜。因为腊月初八是算账的日子,这一年借给别人的钱,也要写信催着还了。而"蒜"与"算"谐音,所以腊八这天,人们都会一边吃着腊八蒜,一边算算自己这一年到底过得怎么样。

　　腊月初八在中国古代还是祭祀神灵的日子,祭拜神农、后稷、昆虫神、井神、宅神等。人们以此来感谢神灵让自己取得了一年的丰收。最重要的是,腊八节就此揭开了春节的序幕,人们开始杀年猪、打豆腐、采购年货,准备过一个热热闹闹、红红火火的新年了。

中国人为什么要过年？

春节是中国人最隆重盛大的传统节日，每到除夕，家家户户都要贴红春联、挂红灯笼、放鞭炮，别提多热闹了。可是，大家知道中国人为什么要过年吗？这些习俗又是怎么来的呢？

相传在古时候，有一种叫"年"的怪兽，也叫年兽，它的头上长着长长的尖角，凶猛异常，十分可怕。它平时都躲在海底睡觉，只有在除夕这一天才会出来找东西吃。这一出来可不得了，一下子就会吃掉好多牲口，还会咬死很多人。所以每到除夕的时候，大家都十分害怕地躲进深山里，不敢出来。所以当时"过年"也叫"过年关"，就是为了躲过年兽的侵扰。

有一年快到除夕的时候，大家正忙着收拾东西，准备逃往深山。村子里忽然来了一个白发苍苍的老头，穿得破破烂烂的。村头的一个老婆婆看到他，对他说："您是从哪里来的？年兽过两天就要来了，您不知道吗？赶紧走吧，这里很危险的。"

老头摸了摸自己的白胡子，不慌不忙地说："老婆婆呀，不用担心，我就是来赶走年兽的。只要你答应，在你们走后，让我在你家里住两天,我保证能把年兽赶走。"

老婆婆不相信,推着他往外走,说:"哎哟哟,别在这里说大话了,赶紧回去吧,到时候年兽把你咬死了可怎么办。"

"放心吧,我真的有驱赶年兽的办法。"老头苦口婆心地劝了半天,老婆婆终于答应了。

转眼除夕就到了,村子里空空的,只有白发老头一个人。果然到了晚上,年兽来了,大摇大摆地走进村子里。忽然只听

得噼里啪啦的爆竹声,年兽听到这声音,吓得四处乱窜。可是除了爆竹声,村子里还响起锣鼓声和菜刀剁菜的声音。这下年兽可慌了,但是后面还有让它更害怕的呢,它发现各家各户的门上都贴满了红色的对联,横梁上挂满了红色的灯笼,灯笼里红色的火光闪闪颤动,把整个村子照得如同白昼一般。响声、红色、火光,年兽最怕这些了,它吓得腿直打颤,哆哆嗦嗦的。这时候门开了,从门里走出一个穿红袍的白发老头,年兽这下子彻底崩溃了,扭头就跑。原来,这白发老人正是来帮人们驱赶年兽的老神仙呢。

第二天,人们回到村子里,看到一切都安然无恙,再看到那些留下来的鞭炮、红春联、红灯笼,人们也明白那老人的身份了,还知道了对付年兽的三大法宝:响声、红色和火光。从此以后,每到除夕,大家都会贴红对联、挂上红灯笼、穿上红衣服、燃放鞭炮。而且每家每户都点着灯守夜,家家灯火通明。这样年兽就再也不敢来了,而这些风俗也一代代地流传下来,成为中国人过年的习俗。

〔博闻馆〕

春节的有趣习俗

春节是中华民族最盛大的节日,传统意义上的春节是指从腊月二十三的小年,一直到正月十五元宵节的这段时间。春节有很多固定的习俗:"二十三,糖瓜粘;二十四,扫房子;二十五,炸豆腐;二十六,炖羊肉;二十七,杀只鸡;二十八,把面发;二十九,蒸馒头;三十晚上熬一宿,大年初一扭一扭。"这首民谣就记录了民间过春节的一些固定习俗。

现在人们过春节,很多习俗都简化了,但是春节最重要的意义就是一家人可以聚在一起,吃一顿热热闹闹的团圆饭,边聊天边看着春节联欢晚会,迎来吉祥如意的新年。

灶神——厨房里面记善恶

"腊月二十三,糖瓜粘,灶君老爷要上天。"

古代,中国人讲究神灵崇拜——生财有财神,过河有河神,登高有山神,姹紫嫣红花丛中有花神;中国人又讲究"吃",可哪位神仙管吃饭这码事儿呢?哦,还没有叫作"吃神"或者"饭神"的。这回要往厨房里看了——神灵尊位在此——灶神。

所谓"灶"就是生火做饭的地方,"火"可是人类历史上了不得的伟大发明,自从发明了火,人类就不用再吃生肉、喝生水了。人类吃上了热乎乎、卫生健康、容易消化的饭菜,寿命延长了,生活质量也提高了一大截!人们能不对掌管"灶"的神灵崇拜得五体投地吗?因此,在古代,在各家厨房中,摆放灶神可是必不可少的。

最初,由于要用"火"做饭,人们将火神祝融奉为灶神加以崇拜敬畏。之后,民间有人认为灶神应该是女性——毕竟,在厨房里从早忙到晚的都是家庭妇女。传说这位掌管着一家饮食制作的灶神是一个身穿红衣、既美丽又能干的女子。

　　随着人们的饮食越来越丰富，巧媳妇越来越多，她们的烹饪方法层出不穷，煎、炒、烹、炸、蒸、煮、炖样样在行，做出的食物既安全又美味。这位美貌灶神的工作量似乎显得不够大了。玉皇大帝又觉得人们吃饱肚子是没问题了，但是不能在吃饱肚子后不讲道德，为非作歹啊。于是又果断地给了灶神一个新的任务——监督、记录凡人的善恶功过，并且定期向天庭汇报，以便惩罚那些吃饱了饭还做坏事的人们。灶神的形象也逐渐从女性转变成了男性。

　　关于这位男灶神，还有一段曲折的故事。灶神姓张名单，相貌俊美，性情轻浮。娶了妻子丁香，丁香是个贤良的好媳妇，孝顺公婆，操持家务，四乡邻里都交口称赞。后来，张单外出经商发了财，却移情别恋青楼女子海棠，他不顾父母的劝阻，休了丁香。受尽委屈的丁香后来改嫁给贫穷的打柴人，丁香勤俭持家，两人的小日子过得越来越好。而海棠不仅虐待公婆而且好吃懒做，张单做生意赚的钱很快就被挥霍得差不多了，张家不得不辞去仆人，一直饭来张口的海棠哪里会做饭呀，不是烧糊了就是煮不熟，一家人常常挨饿，由于厌恶张单和海棠两口子的做法，邻居们谁也不愿意帮助他们。终于有一天，海棠做饭时引起了火灾，烧光了所剩无多的家产，索性丢下张单去攀附其他有钱人了。一无所有的张单只好到处流浪讨饭。有一年寒冬腊月廿三，他走到一户人家门口，有气无力地乞求："发发慈悲，赏口饭吃吧。"哪料这正是丁香家，正在厨房忙活的丁香闻声端了碗饭走出来，一眼认出这乞丐正是自己昔日的丈夫，不禁悲从心起，泪花已经在眼眶里打转。而张单却悔恨不

已,往事一幕幕浮现在他眼前,羞愧的他一头扎进灶门里憋死了。因他和玉皇大帝都姓张,算是本家,且有悔改之意,所以玉皇封他为灶王。此后他日日守着灶台,但佳肴美味却不得入口,只有看着的份儿,而且还要每日劳心费神记录凡人善恶,只有到了送灶祭祀时才能大吃大喝一次。

到了清代,人们给灶神配上了一位夫人。在民间供奉的灶神通常是灶神和他的夫人。这就是我们经常说的灶王爷和灶神奶奶。这样一对具有神力又亲切富态的神仙爷爷和神仙奶奶,是不是挺适合厨房这块"重地"呢?

灶神的权力很大,据说,如果灶神向天帝禀报了凡人的罪状,严重的要夺去三百日的寿命,轻微的也要减少一百日。这还得了!因此,人们要时刻对灶王爷恭恭敬敬,才能不至于惹祸,这可不是没来由。相传,明太祖朱元璋出身贫苦人家,一天,朱元璋的母亲正在做饭,突然有一只喜鹊飞到窗台上,叽叽喳喳叫道:"朱家天下万万年!朱家天下万万年!"朱母看着锅里少得可怜的米,生气地说道:"什么万万年,不要开我们穷人的玩笑!有个二百七十六年就不错了。"朱母边说边用勺子使劲敲打灶台,赶喜鹊走。这时,被朱母敲得鼻青脸肿的灶神现身了,气恼地对朱母说:"朱大妈呀,老天爷让你们朱家天下万万年就是万万年了嘛,你干吗还生气呀?现在好了,你说二百七十六年就只有二百七十六年了咯。"后来,明朝果然正好只存在了二百七十六年。鉴于此,后来人们就在厨房里定了许多规矩:不能用灶火烧香,不能用灶火烧不洁净的物品,不可以敲击灶,不能把刀呀斧子呀等"凶器"放在灶上,更不能在灶前发牢骚、讲怪话、哭泣、大声呼喊等等。总之,就是时时事事都要谨言慎行。

由于凡人与天帝无法直接沟通,全凭灶神的一番禀报。一方面,人们害怕自己平日里所犯的罪过被灶神如实告知天神;另一方面,又怕灶神谎报莫须有的罪状,导致天帝降下惩罚。所以人们就想方设法讨好灶神,希望他上天汇报时多说善行,少说或者干脆不要说恶行。

最有趣的是农历腊月二十三祭灶。每当人们准备辞旧迎新的时候,也是灶神要升天汇报情况的时候。这时候人们就在灶神前摆上各种好吃的,举行祭灶仪式。有钱人家大鱼大肉,穷人家里馒头糕饼,都会恭敬地摆上。但不管穷富,有两样是必不可少的:酒和麦芽糖。麦芽糖涂在灶神嘴上,黏黏糊糊的,灶神张不开嘴，自然说不了坏话；二来灶神吃得甜甜美美，就不好意思再说一家子的坏话。酒是为了把灶神灌醉，到时见了天帝说的都成了醉话，天帝也就不信了。除此之外，人们还有想得更周到的呢：从凡间到天庭路途遥远，喝得醉醺醺的灶神怎么能及时赶到呢？为灶神准备一匹快马就十分必要了——当然是纸糊的。不仅如此，人们还准备了黄豆和干草给灶君和马在路上充饥。将这些连同灶神像一起焚烧，就代表把灶神送上天庭啦！

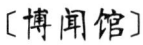 

皇宫的祭灶仪式

不同地域对灶神的称呼有所不同，灶王、灶君、灶王爷、灶公灶母、东厨司命、灶司爷爷等都是对灶神的称呼。送灶的时间也有不同，一般在北方多为农历腊月二十三晚上送灶，南方习俗在腊月二十四晚上送灶。在古代，祭灶不分身份的贵贱、高低，下至平民百姓，上至皇宫贵族，都要举行祭灶。据史料记载：每年农历腊月二十三，清朝皇帝都在坤宁宫隆重祭祀灶神，同时安设天、地神位，皇帝在神位前行九拜礼，迎新祈福。祭灶这天，坤宁宫设供案，安放神牌，神牌前摆放香烛供品。像民间一样，在灶君升天汇报工作前，要用粘糖封住嘴，以防他在玉帝面前乱讲话。祭灶时，负责官员奏请皇帝到坤宁宫佛像、神像、灶神前拈香行礼；礼毕，再奏请皇后依次向灶神等神位行礼。送走灶神后，可别忘了正月初四（一说除夕夜）把众神接回来，这叫作"接灶"或"接神"。接灶神时要摆设丰盛的供品，重新贴一张新的灶神像，并焚香礼拜，以示恭敬。

门神——威风凛凛护家院

才入冬,呼啸的西北风就让长安城瑟瑟发抖了。似乎,这一年冷得早了些。

刚登基不久的唐太宗李世民这段时间一直神经紧绷,关于朝政他没有一件事会疏忽,不管京城封地、朝里朝外,一并谨慎处理。每天处理完朝政,疲惫的他并不能安心就寝。七月里玄武门那场政变好像就发生在昨天,太宗一闭上眼睛,一大片猩红色就铺天盖地向他压过来,低一些,再低一些,直到压得他喘不过气来,大哥建成和四弟元吉的身影仿佛就映在这猩红色里。每到这时,太宗就起身踱步到窗前,抬头看看当空的月亮,借着窗外的清辉,好让自己从那一大片猩红色中缓和过来。在这清光里,他好像又看见年幼时一群皇子在一起无忧无虑的日子。那时多好!怎么料得到会有手足相残的一天!现在,他的手上沾满了他们的鲜血……太宗不能再多想,只有挑亮灯,看起奏折来。

好长一段时间,大唐寝殿的灯光时常从半夜就开始亮起,直到天明。

最近,太宗稍稍可以入睡,但是梦里又异常可怕——成了厉鬼的建成和元吉,挥着长枪呼喊着向他冲过来,狰狞可怕。最可怖的是,被他们斩杀的族人也都一起涌来,三五成群,仿佛一支永远也走不完的复仇大军,连年轻妇人手中的婴儿都用响亮的嚎哭声在复仇。太宗突然大喊:"护驾!"惊醒后的他又听见门外呼啸而起的风声和砖石瓦砾声,像是索命的兄弟亲族从恍惚的梦里都走了出来。惊魂未定的太宗更陷入恐慌之中。宫里的奴婢都不知所措,侍奉他多年的老公公宽慰太宗道:"圣上,玄武门一变在所难免,老话说'兄弟如手足',但身为皇子,就注定不能像普通人那样兄弟怡怡、尽享天伦,一个'权'字就泯灭了亲情。""是呀,有时朕也觉得平民百姓的日子很幸福,这些年来,皇族兄弟间争权夺利、结党营私我真是看够了。"太宗叹气道。"这段时间圣上日理万机,入睡则梦,夜不成寐,长久下去,怕会损害龙体啊!真让人担心!当朝武将秦将军、尉(yù)迟将军武功盖世,不妨烦劳他们二位来夜护圣上。"这番话说到了太宗的心里,心力交瘁的他当然最信任这二位:"锏打山东六府,马踏黄河两岸"的秦琼和"日占三城,夜夺八寨"的尉迟恭,这两位不仅武艺天下无双,人品气概更是一流。于是李世民第二天便命他们二人带上兵器夜守寝宫。说也奇怪,自此以后,太宗竟夜夜熟睡到天明了。

这样一月下来,太宗是睡好了,但是两员猛将虽然身强体壮,也抵不过腊月夜里的寒风,眼看身体也要吃不消了。太宗看到爱将如此也心生不忍,于是命他们回家好好休息,不必再来值夜班。无人看守,万一冤魂再来可怎么办?还是

宫里的老公公脑筋灵活:"圣上可还记得咱们民间百姓过年都要贴门神?那门神神荼(shū)与郁垒兄弟俩,生性能够捉鬼,常住在度朔山上的桃树下,检查百鬼,发现有祸害人的就捉来扔到山下喂老虎。如今,瞧咱们宫里的秦将军、尉迟将军可不就是活脱脱的'神荼''郁垒'嘛!我看,画了他们二位的像,仿照民间贴门神的做法也贴在宫门上,岂不是两全其美?"太宗觉得有道理,不妨试试。于是招来画师将威武的秦琼和尉迟恭画在纸上,贴于宫门之上。还真神奇,自从贴上二位将军的画像,太宗也睡得沉稳了,像他们站在门口守卫时一样。

这事就在长安城里一传十、十传百传开了。据说,那年农历春节,长安城里许多百姓家将以往贴的门神像也换成了秦琼和尉迟恭的画像。足见他们是真厉害呐!后来,秦琼就正式成为传统门神之一了。

门神可不是一成不变的。到了唐玄宗时代,又出现了一位新门神——钟馗(kuí)。据传钟馗本是唐高祖武德年间人,家在陕西终南山,年少时才华出众。曾赴长安参加武举考试,却因为相貌丑陋没有中举,钟馗是条刚烈汉子,不堪受辱,一头撞死在殿阶上,唐高祖听说后很是惋惜,特别赐给红官袍予以安葬。过了近百年,已是玄宗时代,玄宗患有脾病,请了许多名医诊治都不见效,宫廷上上下下都很着急。有天晚上,唐玄宗睡着后,忽然梦见一个小鬼竟然入宫行窃,玄宗急忙呼喊侍卫,只见一位相貌魁伟的大丈夫跑上殿来,捉住小鬼,并且将其吃掉。玄宗从没见过此人,问他是何许人也。他回答说:"在下就是当年武举未中的钟馗。"唐玄宗醒来后,第二天病就好了。于是请来画圣吴道子将钟馗的像画了下来,一看,不禁大吃一惊——所画之像与玄宗梦中所见一模一样。玄宗认为此乃大吉之梦,便将钟馗像挂于宫门之上,作为门神。

这样,钟馗在民间也广为流传起来。

〔博闻馆〕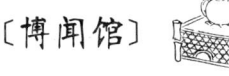

四大年画

过年的时候,门上要贴门神,墙上自然也不能空荡荡的。不用着急,即使是在古代,可选的年画也多得是。河南开封的朱仙镇、山东潍坊的杨家埠、天津的杨柳青和苏州的桃花坞,在清代号称四大年画中心。

朱仙镇和杨家埠的年画，都是画给老百姓的，鲜艳漂亮，有种粗犷的美。朱仙镇的门神、杨家埠的灶王，最和普通人家的瓦房灰墙相得益彰。

桃花坞的年画最精美，常以民间故事和高雅的图案为题材，比如"三娘教子""岁寒三友"，或者是美人图、生肖图，只要你想得到的图样，在这里都能找到。

忙活了一年，老百姓最朴素的愿望就是能够丰衣足食，有所积蓄，因此，年画中杨柳青的"连年有余"也广受欢迎。展颜而笑的胖娃娃，翘着小脚丫，一手拿着一朵莲花，另一只手里抱着一条几乎和他的身子一样长的红鲤鱼，这幅图取了莲花的谐音"连"和鲤鱼的谐音"余"，就成了"连年有余"。杨柳青的年画特点在于木刻木印与手工彩绘相结合，多取材于旧戏剧、美女、胖娃娃等，构图丰满，色彩艳丽。

管钱的四个老公公

在很多餐馆、商铺里,我们常会看见一尊老公公的塑像,他穿着大红袍子,手上拿着金元宝,这其实就是管钱的老公公——财神爷了。民间流传的财神爷一共有四位,武财神是赵公明、关羽,文财神则是比干、范蠡(lí)。他们是怎么成为财神爷的呢?这还要从头说起。

先说赵公明,他可是财神爷中的老大。当年后羿射日,射下九个太阳,其中的一个太阳化身成了人,这就是赵公明了。他为人忠诚,在姜子牙和纣王的战斗中,他作为纣王的将军,被姜子牙打得落花流水,两只眼睛都被刺瞎了,却坚决不投降。天帝见他如此忠诚守信,就封他做"龙虎玄坛真君",专门负责掌管人世间的一切金银财宝,还指派给他四个小神:招宝、纳珍、招财和利市。要想财源广进,可少不了这四位小神的帮忙。

关羽大家都很熟悉了,他就是三国时期和刘备、张飞结拜为好兄弟的大将军,在战场上立下了很多战功。可是他怎么成为财神爷了呢？这是因为他特别讲义气，曾经不为钱财名利所动，过五关斩六将去投奔刘备；还因为曹操以前曾帮助过他，念及旧日恩情便在华容道放走了曹操。讲义气、重感情，这都是生意人极为看重的品质，久而久之，民间就把关羽当成财神爷来拜了。

而比干呢，他是殷纣王的叔叔，看到纣王为政暴虐，心里特别着急，经常劝谏。纣王听得烦了，生气地说："大家都说圣

人的心有七个孔,我今天倒要看看你的心是不是有七个孔!"比干怒视着纣王,自己把心挖了出来,丢在地上,走出了王宫。他来到民间,把自己的钱财分给穷人。比干虽然没有了心,但是却没有死,他办事公道,深受人们的赞许与爱戴。与比干做生意,买卖公平,童叟无欺,于是人们就把他作为财神供奉了起来。

范蠡是春秋末期著名的政治家、军事家,他帮助越国打败吴国后,就带着第一美女西施来到西湖边隐居,并且开始做生意。范蠡头脑灵活,生意越做越大,成了当地的首富。拥有了万贯家财后,他一点也不贪图享受,而是仗义疏财,把钱都散给了穷人。范蠡是中国历史上第一个大商人,所以后来的商人把范蠡奉为财神爷,不仅学习他怎么做生意,更学习他大公无私的品质。

其实,百姓们把这些人当作财神爷供起来,不只是让他们管着钱,更多的是想告诉人们要想赚钱,应该具有怎样的高尚品质。

赵公明的故事出自《搜神记》,关羽的故事出自《三国演义》,比干和范蠡的传说都出自《史记》。

〔博闻馆〕

民间与财神有关的习俗

中国古代有"迎财神"的习俗。每年正月初五,是店铺开门的日子,到了这一天,商家就开始拜财神、放鞭炮。据说财神每年只会在这一天下凡,而且走得很随意,谁也不知道他到底会去哪儿。所以大家都早早开门,把鞭炮放得很响,想把财神迎接到自己家里。

有迎就有送。初五那天,还会有乞丐拉帮结伙地扮成财神的样子,在店家门口跳来跳去,等着主人发钱。要是不发钱呢,乞丐们就赖在门口不走,这也叫"送财神"。

十二生肖的故事

在陕西省骊山人祖庙附近，有一块巨大的石碑，上面刻有十二种动物的形象，分别是鼠、牛、虎、兔、龙、蛇、马、羊、猴、鸡、狗、猪。这就是我们平常说的十二生肖了，这十二生肖是怎么来的呢？为什么排在最前面的是老鼠？这其中还有个有趣的传说。

中国古代本来是用干支来纪年的，就是甲乙丙丁等，可是这些对于百姓来说太难记了，于是有人就向黄帝建议用动物的名字来记。黄帝听了也觉得很有道理，就让造字的仓颉来办这件事。可是要用哪些动物的名字？又把谁的名字排在前面呢？仓颉决定举办一次动物生肖大会，他对天下的动物说："正月初一那天，最先到的十二名动物可以进入生肖排行榜，并按到达的顺序排座次。"

听到这个消息，动物们都很高兴，纷纷说："我一定要进入十二生肖排行榜。"大家都做好准备，打算第二天早早出发。

猫和老鼠本来是一对好朋友，因为猫很贪睡，所以大年三十晚上，它对老鼠说："我怕自己又睡懒觉了，明天要出发的时候，你把我叫醒行吗？"老鼠满口答应了，可是第二天早上醒来时，看着熟睡的猫，老鼠心里却打起了小算盘：干吗给自己多找个对手呢？于是，老鼠没有叫醒猫，自己偷偷上路了。

到了路上，老鼠才发现，自己是第一个出发的，它一溜烟地往前跑，心里只想着得第一，可是跑着跑着，眼前出现了波涛汹涌的大河，老鼠心想，这么大的水，会把我冲走的。它心里干着急，不知道该怎么办。这时候老牛来了，老牛知道自己走得慢，所以起得很早，一步步踏实地往前走。老鼠见来的是老实的牛儿，心中暗自高兴，便热情地说："牛叔叔，您起得真早，这次一定是您得第一了。"牛儿呵呵地笑了，说："小老鼠，你也起得挺早呀，怎么不走了？""牛叔叔，"老鼠说，"您看这大河，我身子这么小，游不过去呀，您能不能帮帮我，让我趴在您背上渡过去。""当然可以呀，你上来吧。"憨厚的老牛痛快地答应了老鼠的请求。

老鼠一下子就爬上了老牛的背，其实河里的水并不深，老牛没怎么费劲就走过去了。到了对岸后，老鼠心里又有了小算

盘，它趴在老牛的背上装睡，怎么叫也不醒。老牛无可奈何，只好背着它走。快到目的地的时候，狡猾的老鼠一下子睁开了眼睛，"噌"的一下跳到了最前面。就这样老鼠得了第一名，老实的牛儿得了第二名。随后其他动物也顺利到达了，虎、兔、龙、蛇、马、羊、猴、鸡、狗、猪。黄帝按照它们到达的顺序排了次序，为了防止后辈们忘了这种纪年的方法，还把这十二种动物的形象刻在一块大石碑上。

再说说猫，当它醒来的时候，已经是中午了，出门一看，动物们都带着胜利的喜悦回来了。看见睡眼惺忪(xīngsōng)的猫儿,大家都嘲笑它:"大懒猫,大懒猫。"而猫这时才知道,老鼠居然排在了第一!从此以后,猫和老鼠的仇就结下了,猫到处追老鼠,要把它吃掉,而老鼠看到猫都要躲着走。

〔博闻馆〕

龙和鸡的矛盾

动物们为了进入这十二生肖排行榜,中间发生的故事可多了,除了上面老鼠和猫的故事外,公鸡和龙也发生了冲突。龙很注重自己的形象,当时它总觉得自己头上光秃秃的,不好看。它看上了公鸡头上的角,十分喜欢,就对公鸡说:"你跑得这么快,生肖大会一定会排第一的,我肯定要排在你后面了。不过你也知道,我也不想争第一,我只希望大家都说我漂亮。所以,善良的大公鸡,你能把你漂亮的角借给我吗?"大公鸡心里有点犹豫,这时候,地上的一只大蜈蚣说:"大公鸡,你就把角借给龙吧,我可以做担保呀,保证生肖大会后,龙就把角还给你。"听到这话,大公鸡就把角放心地借给了龙。

可是生肖大会之后，骄傲的大公鸡被排在了龙的后面，它心里很不高兴。散会之后，公鸡去找龙还角。龙在大会上可是大出了风头，大家都说它有了这对角后，更加威风了，于是它有心不还公鸡的角，一下子钻进河里不出来了。公鸡不会水，只好去找蜈蚣，蜈蚣也赶紧躲进了土里。

从此以后，公鸡头上只剩下红红的鸡冠，每天早上它都会哀怨地大叫："龙哥哥，角还我！"而且到处刨土找蜈蚣，只要见到蜈蚣就啄。

阅读方案

不简单的民间故事

在中国,一桌一椅、一茶一饭、一衣一鞋,都有自己的传说和故事。民间故事宛如万花筒般丰富多彩,我们有很多长命百岁的神仙和灵兽的故事,也有"姜太公钓鱼——愿者上钩"这样充满哲思和智慧的传说。有缠绵悱恻如牛郎织女之坚贞,也有保家卫国如佘太君一家之忠烈。

除此之外,我们的民间故事,也往往有很深的历史渊源和文化底蕴。中国的民间故事,有很多都来自文人学者的正史著作,例如司马相如琴挑文君的故事出自《史记》,昭君出塞的故事出自《汉书》,这些都是汉代正史,其记录也基本上可以认定为史实。

当然其中有些故事,发展过程中在史实的基础上添加了一些趣味性以及戏剧性成份。例如昭君出塞的故事,《汉书》虽然记载了汉元帝见到昭君美貌感到后悔的事件，但并没有毛延寿恶意隐瞒昭君不得见御的阴谋。再如屈原自投汨罗江的故事，也在《史记》中确有记载，而将端午与其联系起来，则是人民自行发挥创造力的产物。

还有东坡肉的传说，人们听得津津有味的同时，恐怕不会认为东坡肉确实和苏东坡有关。然而实际上，比苏东坡仅仅晚生了五十年的宋代人周紫芝，在他的《竹坡诗话》中记载："东坡性喜嗜猪，在黄冈时，尝戏作《食猪肉诗》云：'慢着火，少着水，火候足时他自美。每日起来打一碗，饱得自家君莫管。'"这首诗中写的，正是做东坡肉的诀窍，由此可见，东坡肉很可能真的是苏东坡发明的。

有时候，历史人物也以一种完全不同的形象出现在民间故事里。唐代的开国大将秦琼和尉迟敬德，绝对不会想到，自己死后有了降伏恶鬼的本领，画像被人们年复一年地贴在大门上。要说毫无关系也不尽然，毕竟正是由于他们的英勇善战如此深入人心，才给他们赢得了这样的"殊荣"。

另一种情况是，事情的发展过程是相反的，由民间故事先显露出雏形，然后文学作品又反过来借鉴升华了它们。

最典型的例子要数白娘子的故事。在最初民间艺人讲述的版本里，白娘子是一个由蛇化成的白衣美女，一个毫无人性的邪恶妖怪。她只知道寻欢作乐，而且几次想要杀害男主人公，最后被有道真人施法镇压在西湖塔下，可以说是罪有应得。这个故事被记录在《清平山堂话本》中，题为《西湖三塔记》。

明代的冯梦龙在此基础上进行改编，使其成为白话文小说《白娘子永镇雷峰塔》，收在《警世通言》中，内容也由单一的异类害人、邪不胜正有所变化。白娘子虽是蛇妖，却真心喜爱丈夫，想尽办法帮助他，也并没有做十恶不赦的坏事。可惜这里的男主人公许宣并不是后来的许仙，他只是一心想要摆脱蛇妖，因此和法海禅师合谋，将白娘子永远镇压在雷峰塔下，最后还要特地警示后人，不要被女色所迷。

我们现在耳熟能详的白娘子故事，直到清代的戏剧剧本《雷峰塔传奇》才真正形成。善良的普通大众，相比于拆散有情人的刻板道德说教，更喜欢有情人终成眷属的完美结局。因此当白娘子故事的发展真正迎合了人们的审美倾向之后，它才得以广泛传播，永垂不朽。

民间故事不可小觑，由此可见一斑。它们和中国的历史、文学、日常生活，乃至中国人的心理和思维，都盘根错节地联系在一起。实际上，它们早已成为现代"民俗学"的重要研究对象。

（种方）

民间故事演绎出的成语

如果我们说某某"三过家门而不入",这样没头没尾的半句话,中国人却都能心领神会。假如要完整表达它的意思,那就麻烦了,就要说:从前有个人叫大禹,他受命治理洪水,……公而忘私,三次路过家门,都担心耽误公事,因此没能进去看看。……

因为这个故事我们都知道,没必要每次提到都重新讲一遍,所以我们才可以用"三过家门而不入"来代替一个复杂的故事,表达"公而忘私"这个意思。在汉语中,成语、俗语以及诗词中的典故,都能达到这种含蓄精练的效果。这些词语产生的基础,有点像鲁迅所说的路,世界上本没有成语,故事讲得多了,也就有了成语。当然,要先有故事才行。

比如牛郎织女的故事。牛郎和织女本来只是天空中的两个星座:牵牛星和织女星,它们恰好分列银河两端,隔河相对,人们就将它们拟人化,并创造了爱情故事。早至汉代末期,就有一首诗歌讲述他们的故事:

> 迢迢牵牛星，皎皎河汉女。
>
> 纤纤擢素手，札札弄机杼。
>
> 终日不成章，泣涕零如雨。
>
> 河汉清且浅，相去复几许？
>
> 盈盈一水间，脉脉不得语。

如此凄惨，实在是不符合广大人民的审美需要。于是人们在故事的最后加了一个情节：每年七月初七这一天，会有喜鹊飞来，在银河上搭桥，使二人能在桥上相见一日。古人不论身份地位的高低，都对这一情节非常满意，比如唐代大臣权德舆，在《七夕》诗里就说："今日云軿渡鹊桥，应非脉脉与迢迢。"这也是对上文所引古诗的回应。古代诗词中对鹊桥相会的类似使用数不胜数，鹊桥相会本身也成为成语，用来比喻情人或夫妇的久别重逢。

有时候，我们虽然能够正确使用某个成语，却不一定知道它的真正出处。木兰替父从军，这是一个人尽皆知的故事；扑朔迷离，这也是一个耳熟能详的成语，然而很少有人知道二者的关系。木兰替父从军的故事，同样由于一首南北朝民歌《木兰辞》而得以顺利流传后世。其中讲到木兰自军中凯旋，在家里穿回女孩的衣服，昔日的战友见了惊诧不已，原来所有人都没有发现木兰的真实身份。

《木兰辞》的结尾却话锋一转，讲起了兔子的事："雄兔脚扑朔，雌兔眼迷离，双兔傍地走，安能辨我是雄雌。"据说提着兔子耳朵悬在半空中时，雄兔两只前脚不停摆动，而雌兔两只眼睛则时常眯着，所以容易分辨。但当雄雌两兔一起并排跑的时候，就没法分辨清楚了。说的是兔子，实际上指的是人，同时也给我们贡献了一个成语，即"扑朔迷离"，用来形容事情错综复杂，难以辨别清楚。

事实证明，我们的语言，并不一定是高大上的创作，也可以"很接地气"。八仙过海各显神通、东施效颦、国色天香、高山流水、伯牙绝弦、姜太公钓鱼——愿者上钩，看到这些俗语或成语，有没有想起它们的故事？

（种方）